セイギのミカタ

佐藤まどか［作］
イシヤマアズサ［絵］

目次《もくじ》

1 登《とう》場《じょう》

あと六行《ろくぎょう》……。

前《まえ》の席《せき》の川上《かわかみ》さんは、つっかえもしないでスラスラ読《よ》んでいる。

うまいなあ。まるでテレビのアナウンサーみたい。

あと五行《ごぎょう》……。

つぎは、ぼくだ。まだ指《さ》されてもいないのに、もう顔《かお》が熱《あつ》くなってきた。

ああ、またはじまっちゃった。ぼくは、はずかしいと顔《かお》がまっかになる。いくら止《と》めようと思《おも》ってもダメなんだ。かってに赤《あか》くなっちゃうんだから。

そんなときは、カッカとほてる耳《みみ》を両手《りょうて》でふさいでかくして、みんなに顔《かお》を見《み》られないようにうつむくしかない。

あー、早《はや》くチャイムがなってくれないかな。

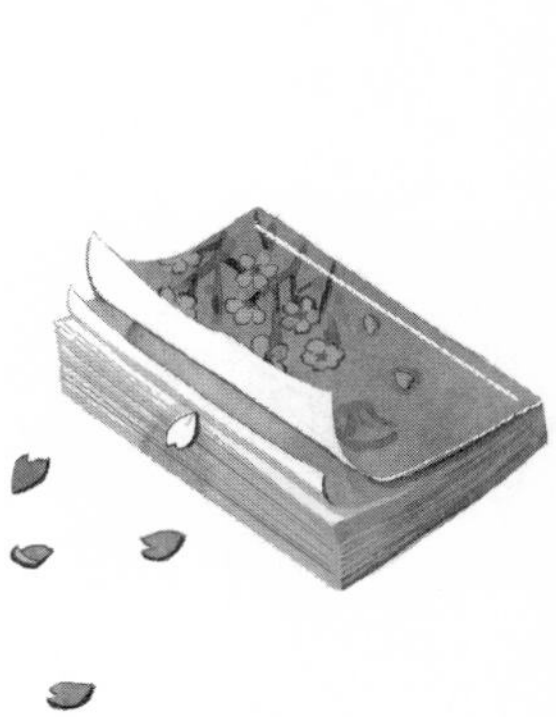

「川上《かわかみ》さん、とても上手《じょうず》でしたよ。えーと、もうひとり、いけるかな。じゃ、つぎ、木下《きのした》さん」

「は、はい」

いちおう返事《へんじ》はしたけど、ぼくはせこく時間《じかん》かせぎをする。

ゆっくりと腰《こし》を上《あ》げ、「あ」とかいって、教科書《きょうかしょ》をわざとゆかに落《お》として、ちんたら拾《ひろ》う。それから、スローモーションみたいにノロノロと立《た》ち上《あ》がる。

自分《じぶん》でもなさけないと思《おも》うけど、クラスがえをしたばかりの四年生《よねんせい》の最初《さいしょ》の授業《じゅぎょう》で音読《おんどく》するなんて、ぜったいムリ。

立《た》ち上《あ》がりながらこっそり前《まえ》を見《み》ると、先生《せんせい》がきびしい目《め》つきでぼくを見《み》ていた。わざとやってるのがバレバレだな。こういうとき、前《まえ》から二番目《にばんめ》の席《せき》って、不利《ふり》だと思《おも》う。先生《せんせい》から丸見《まるみ》えだ。

ぼくの顔《かお》はどんどんほてっていく。もう、火《ひ》をふきそうだ！

教科書《きょうかしょ》を手《て》に、こほん、なんて咳《せき》。

ああ、いいかげん口《くち》を開《ひら》かなきゃ……。

……と、そのとき、チャイムがなった。

やった！

「では国語《こくご》の授業《じゅぎょう》は、これでおしまいです。みなさん、続《つづ》きを家《いえ》で読《よ》んできてください。大《おお》きな声《こえ》ではっきりと読《よ》む練習《れんしゅう》をしてくださいね」

ホッとしてすわった。ふう。顔《かお》は熱《あつ》いままだけど、少《すこ》しすれば、またいつものトーフみたいな白《しろ》い顔《かお》にもどれるさ。

「つぎは木下《きのした》さん、あなたからね」

と、いいのこして先生《せんせい》が出《で》ていくと、ぼくはため息《いき》をついた。

そうだよ。つぎは、ぼくが最初《さいしょ》じゃん。それって、もっとドキドキしちゃうかも。あーあ、時間《じかん》かせぎなんかしないで、さっさと読《よ》めばよかった……。

なんて考《かんが》えていたら、バカでかい声《こえ》がひびいた。

「すげーっ、木下《きのした》の顔《かお》、まっかっかだぞ！」

ぼくは、あわてて机《つくえ》の上《うえ》につっぷした。

この声《こえ》は田中大我《たなかたいが》にちがいない。なんであんなヤツと同《おな》じクラスになっちゃったんだろう。しかも、ななめ後《うし》ろの席《せき》なんて、近《ちか》すぎだよ！

三年生《さんねんせい》のときのクラスメイトから、大我《たいが》のことをさんざん聞《き》かされた。一《いち》、二年生《にねんせい》のときに大我《たいが》からイジられキャラにされちゃって、大変《たいへん》だったとか。毎年《まいとし》クラスがえがあるのに、二年連続《にねんれんぞく》で同《おな》じクラスなんて運《うん》が悪《わる》すぎたって、ずっといってた。だからぼくも、あの田中大我《たなかたいが》とだけは同《おな》じクラスになりたくなかったのに。

「見《み》ろよ、耳《みみ》まで赤《あか》いぞ！　トマトみてえ！」

大我《たいが》の声《こえ》に続《つづ》いて、みんながどっと笑《わら》う声《こえ》が聞《き》こえた。

いつもいいたい放題《ほうだい》なのに、大我《たいが》はなぜかけっこう人気者《にんきもの》らしい。今朝《けさ》なんて教室《きょうしつ》に入《はい》るなり、上着《うわぎ》をぬいで首《くび》のところにマントみたいにしばりつけて、

「タンタターン！　世界最強《せかいさいきょう》のプロレスラー、タイガー選手《せんしゅ》の登場《とうじょう》です！」

なんてアホなことをいって、みんなにウケていた。

腹《はら》が立《た》つやらはずかしいやらで、ぼくの顔《かお》はますます熱《あつ》くなっていく。

いたた！

左耳《ひだりみみ》をぐいっとひっぱられて、いやいや顔《かお》を上《あ》げた。

「あっちー、トマト、にえすぎだぞー！　早《はや》く火《ひ》を止《と》めろ！」

横《よこ》で大我《たいが》がおおげさに手《て》をパタパタしている。

また笑《わら》い声《ごえ》。クラスのみんながこっちを見《み》ている気《き》がする。今《いま》さら顔《かお》をかくしたところで意味《いみ》ないけど、また机《つくえ》につっぷすか、ろうかににげるか……。

そのとき――。

「やめろよ、田中《たなか》くん！」

かん高《だか》い声《こえ》がひびいた。山口周一《やまぐちしゅういち》が近《ちか》づいてくる。

「そういうふうに、だれかをからかうの、よくないと思《おも》うよ」

ああ、来《き》ちゃったよ、セイギのミカタ！

大我《たいが》もいやだけど、周一《しゅういち》もめんどうくさい。ピッと背《せ》すじをのばして、きりっとした目《め》つき。オニ退治《たいじ》のつもりか。

「なんだよ、ヤマグチグチグチ」

大我《たいが》のそのよびかたに、思《おも》わずふきだしそうになるのをぐっとこらえた。でも、まわりは爆笑《ばくしょう》。

「しらけるなあ。オレ、こいつと楽《たの》しんでんの。からかってなんかいねーもん。なあ、木下《きのした》？」

大我《たいが》がぼくの目《め》をのぞきこんだ。

「だろっ、木下《きのした》？」

大我《たいが》がさらに顔《かお》を近《ちか》づけてくる。態度《たいど》と同《おな》じで、顔《かお》もでかい。なんか、目《め》も鼻《はな》も口《くち》もぜんぶでかい。その迫力《はくりょく》に、圧倒《あっとう》されちゃう。

「ま、まあ……べつに」

ぼくは視線《しせん》を泳《およ》がす。

「ほらな。本人《ほんにん》がこういってんだから、よけいなおせっかいすんなよ、ヤマグチグチグチ。オレたち、仲《なか》よくしてるだけじゃん」

仲《なか》よくって……と反論《はんろん》したいけど、そんな勇気《ゆうき》はない。

それに、はっきりいって、周一《しゅういち》の助《たす》け船《ぶね》はめいわくだ。よけいみんなの注目《ちゅうもく》の的《まと》になっちゃうじゃん。

心《こころ》の中《なか》で、ぼくは早《はや》く周一《しゅういち》がどこかに行《い》ってくれないかなと願《ねが》っていた。ふしぎなことに、大我《たいが》より、周一《しゅういち》にイラついていたのだ。

周一《しゅういち》は、やたらに正義感《せいぎかん》が強《つよ》い。二年生《にねんせい》のとき、同《おな》じクラスになったことがあるけど、なんとなく苦手《にがて》で、ほとんど話《はな》したことはなかった。

新《あたら》しいクラスに周一《しゅういち》がいると気《き》づいて、とっさに目《め》を合《あ》わせないようにした。でも、すぐに「木下《きのした》くん、またいっしょだね」なんて後《うし》ろから声《こえ》をかけられて、いやな予感《よかん》がしていたんだ。

二年生《にねんせい》のとき、ぼくは今《いま》ほど顔《かお》が赤《あか》くならなかったせいか、からかわれることはなかった。ぼくよりからかわれる子《こ》が、ほかにいたからかもしれない。

その子《こ》は、新学期早《しんがっきそう》そう、オシッコをがまんしすぎて教室《きょうしつ》でおもらしをしてしまったのだ。足元《あしもと》に広《ひろ》がるオシッコを見《み》て、みんなはその子《こ》をからかった。

そしたら周一《しゅういち》が走《はし》りよって、

「こまっている人《ひと》をからかうなんて、よくないよ！」

と、立《た》ちはだかった。

からかいのワーワーはピタッとおさまったけど、今度《こんど》はヒソヒソ、クスクスがはじまって、それがつぎの時間《じかん》までずーっと続《つづ》いた。その子《こ》は下《した》を向《む》いて小《ちい》さくなっていた。

もしかしたら、「あっ、もらした」ぐらいでみんなが爆笑《ばくしょう》していたら、それで終《お》わったかもしれないのに。

その子《こ》は、かげでコソコソ「おもらし小僧《こぞう》」なんていわれ続《つづ》けて、あまりクラスになじめないまま、秋《あき》に転校《てんこう》していった。お父《とう》さんの仕事《しごと》の都合《つごう》という話《はなし》だったから、おもらし事件《じけん》とは関係《かんけい》ないかもしれないけど。

周一《しゅういち》は「セイギのミカタ」のつもりかもしれないけど、空気《くうき》を読《よ》まない。とにかくまじめで、まわりから浮《う》くぐらい、いつも「まとも」なことをいうんだ。

「いちいちうるせーヤツだな。ちょっとからかうぐらい、いいだろ！」

大我《たいが》の声《こえ》がひびいて、ぼくはハッと現実《げんじつ》にもどった。

「いや田中《たなか》くん、だれかをからかうのはやめたほうがいいよ。きみは楽《たの》しんでいるつもりでも、木下《きのした》くんは傷《きず》ついているかもしれないだろう？」

ああ、出《で》たよ。ごもっともな意見《いけん》。

「さすが秀才《しゅうさい》」

「いいことというねえ」

「タイガー、ヤマグチグチグチのいうとおり、人《ひと》を傷《きず》つけるのはよくないぞ」

数人《すうにん》がちゃかすようにいうと、大我《たいが》は「チッ」と舌《した》をならしてから、席《せき》にドスンと音《おと》を立《た》ててすわった。

周一《しゅういち》は、大我《たいが》を見《み》て納得《なっとく》したようにうなずくと、今度《こんど》はぼくを見《み》て親指《おやゆび》を立《た》てた。

あーもう、はずかしい。親指《おやゆび》とか立《た》てるなよ。

顔《かお》が赤《あか》くのなるのは、「赤面症《せきめんしょう》」というらしい。

ぼくは成績《せいせき》も運動神経《うんどうしんけい》も、たぶん、ふつう。ひょっとすると、中《ちゅう》の上《じょう》くらいかもしれない。とにかく、ふつうなんだ。ふつうでいたい。

この顔《かお》さえまっかっかにならなければ、もしかすると、ちょっとした人気者《にんきもの》にだってなれたかもしれない。

本当《ほんとう》は、ギャグで人《ひと》を笑《わら》わせてみたい。ダジャレとか思《おも》いつくんだけど、口《くち》から出《で》る前《まえ》に、しゅーって、ひっこんじゃう。

赤《あか》くならなければ、もっと自分《じぶん》に自信《じしん》が持《も》てたかもしれない。なんの特技《とくぎ》もないし、顔《かお》もイケてはいないだろうけど、まあふつうのレベルだと思《おも》うし。

なのに、なんでぼくは赤面症《せきめんしょう》なんだろう！

赤面症《せきめんしょう》だと自覚《じかく》したのは、三年生《さんねんせい》のときだった。授業中《じゅぎょうちゅう》にうとうとしていたら先生《せんせい》に指《さ》されて、あわてて立《た》ち上《あ》がってぜんぜん関係《かんけい》ないことをいっちゃって――みんな爆笑《ばくしょう》。ぜんぜん目立《めだ》たなかったぼくが、はじめてクラス中《じゅう》の視線《しせん》を浴《あ》びて、顔《かお》と耳《みみ》がもえるように熱《あつ》くなった。

そのときから、だれかにじっと見《み》られるたびに、赤《あか》くなるようになった。それだけじゃない。見《み》られているかもって思《おも》うだけで、赤《あか》くなっちゃう。意識《いしき》しはじめると、もう止《と》まらない。

少《すこ》しはからかわれることもあったけど、三年生《さんねんせい》のクラスには大我《たいが》みたいなヤツはいなかったからよかった。でも、ぼくはイヤでイヤでしかたがなかった。

「あらー、赤《あか》くなるなんて、かわいくていいじゃない」

おとなは、みんなそういう。

でも、もしこのままおとなになったら？

三年生《さんねんせい》の終《お》わりに、学校《がっこう》で「将来《しょうらい》の夢《ゆめ》は？」っていうアンケートに答《こた》えた。本当《ほんとう》はこう書《か》きたかったんだ。

「役者《やくしゃ》になること」

いろんな人《ひと》になれるなんて、おもしろそうだから。

でも、そんなのぜったいムリだ。スポットライトを浴《あ》びて、みんなにじーっと注目《ちゅうもく》されちゃうんだから。

じゃあ、ほかになにができるかっていうと……。

父《とう》さんみたいな営業《えいぎょう》マンもムリだし、銀行《ぎんこう》の窓口《まどぐち》の人《ひと》とかもムリじゃん。お客《きゃく》さんに見《み》られるたびにまっかになったら、話《はなし》にならないでしょ。

学校《がっこう》の先生《せんせい》はもちろん、人前《ひとまえ》で声《こえ》を出《だ》したりするのはぜんぶムリだ。つまりぼくにできる仕事《しごと》なんて、ひとりでやることしかないわけだ。

コンピューターの画面《がめん》に向《む》かって仕事《しごと》をするプログラマーとか？　お客《きゃく》さんとやりとりしなくていいタイプの職人《しょくにん》さんとか？

調《しら》べものをする人《ひと》はどうだろう？

そのときは、じっくり考《かんが》えたあげく、結局《けっきょく》こう書《か》いた。

「まだわかりません」

大《おお》きくなるにつれてなおるよ、って母《かあ》さんは前《まえ》にいったけど、年《ねん》ねんひどくなっている気《き》がする。

ぼくは思《おも》わずため息《いき》をついた。フゥーってついたため息《いき》は、ぼくのひざの上《うえ》までとどいた。もう一度《いちど》深《ふか》い深《ふか》いため息《いき》をつくと、今度《こんど》はひざを通《とお》りこして、板《いた》ばりのゆかのおくへしみこんでいった……気《き》がした。

そのとき、前《まえ》の席《せき》の川上《かわかみ》ひとみさんがふり向《む》いた。

そして、プッと小《ちい》さくふきだした。

え、ぼくの顔《かお》って、そんなに変《へん》？

ぼくはまた赤《あか》くなりはじめた。

「いいじゃん、べつに」

川上《かわかみ》さんは、さらっとそういった。

「は？」

思《おも》わず聞《き》くと、川上《かわかみ》さんはぼくをじっと見《み》た。

「赤《あか》くなったっていいじゃん。たいしたことじゃないのに、みんなで大《おお》さわぎして、ばっかみたい」

「え……」

川上《かわかみ》さんが前《まえ》に向《む》きなおると同時《どうじ》に、先生《せんせい》が教室《きょうしつ》に入《はい》ってきた。

あれっ？

ぼくは、顔《かお》が熱《あつ》くなっていないことに気《き》づいた。川上《かわかみ》さんにじっと見《み》られたけど、まっかにならなかったみたい。

どうしたんだろう。じっと見《み》られちゃったんだよ？ 三年生《さんねんせい》のとき、ろうかでときどき見《み》かけて、かわいいなって思《おも》ってた、あの川上《かわかみ》さんに！

でも、川上《かわかみ》さんて、顔《かお》ににあわずズケズケものをいうんだな。

あれ、それとも、今《いま》のって、はげましの言葉《ことば》だったのかな？

なんて考《かんが》えていたら、急《きゅう》に顔《かお》が熱《あつ》くなってきた。

なにこれ、時間差攻撃《じかんさこうげき》？

2 まっかなウソ

下校時間《げこうじかん》、だれとも顔《かお》を合《あ》わせたくなくて、校門《こうもん》を出《で》てから早歩《はやある》きをしていたら、後《うし》ろから声《こえ》がとんできた。

「木下《きのした》くーん」

うう、このきんきんした声《こえ》は周一《しゅういち》だ。

ぼくは、聞《き》こえないふりをして、早足《はやあし》で歩《ある》く。

「木下守《きのしたまもる》くーん！」

声《こえ》が追《お》いかけてくる。

ふつうフルネームでよぶ？　はずかしいなあ、もう。

ぼくは足《あし》を速《はや》める。ついに走《はし》りだそうとしたとき、ランドセルをポンッとたたかれた。はやっ。

「よんだの聞《き》こえなかった？　全力《ぜんりょく》で走《はし》っちゃったよ」

横《よこ》でハアハア息《いき》をしながら、周一《しゅういち》がいった。

「あ、ごめん。聞《き》こえなかった」

これぞほんとの「まっかなウソ」だ！　ほおがほてっていく。

ぼくはウソをつけない。だれかに見《み》られていなくても、ウソをつくとすぐに顔《かお》がまっかになるんだから。もちろん耳《みみ》まで赤《あか》いから、顔《かお》をかくしたところで、すぐにバレる。今《いま》だって、もう首《くび》まで赤《あか》くなっているかもしれない。〈今《いま》ぼくはウソをついています〉って宣言《せんげん》しているようなもんだ。

「さっきは、よかったね。田中大我《たなかたいが》くんがわかってくれて」

「いや……」

ぼくは赤《あか》い顔《かお》を見《み》せないように、そっぽを向《む》きながらいう。歩《ある》きかたも、さっきのまま早足《はやあし》で。

「助《たす》けてくれてありがとう」とか、いうべきなのかもしれない。でも、正直《しょうじき》、あんまりうれしくなかったから、ありがとうなんて、いいたくなかった。

「大我《たいが》はべつにわかったんじゃないと思《おも》うけど」

「えっ、そう？」

やっぱ周一《しゅういち》ってにぶい。

「うん。たぶんわかったんじゃなくて、めんどくさかっただけだと思《おも》う」

「そうかなあ？」

顔《かお》から熱《ねつ》がひいていくのを感《かん》じながら、ぼくはちょっとイラッとして、周一《しゅういち》を見《み》た。

周一《しゅういち》は、こっちの力《ちから》がぬけるほど、きょとんとした顔《かお》をしている。

「そうだってば。きみは大我《たいが》のことを知《し》らないかもしれないけど、あいつってのは……」

と、周一《しゅういち》を見《み》ながら話《はな》していると、前《まえ》を歩《ある》いていた女《おんな》の子《こ》にぶつかりそうになって、バランスをくずし、思《おも》わず赤《あか》いランドセルにしがみついてしまった。

「あっ、すみません！」

まきぞえにされて転《ころ》びそうになった相手《あいて》は、前《まえ》の席《せき》の川上《かわかみ》さんだった。

川上《かわかみ》さんは、ぼくと周一《しゅういち》をにらみつけた。

「ちゃんと前向《まえむ》いて歩《ある》いてよ」

「ごめん」

すなおにあやまったけど、川上《かわかみ》さんはまだぼくをにらんでいる。

「前方不注意《ぜんぽうふちゅうい》。たおれるなら、自分《じぶん》だけたおれてよ。なんで人《ひと》をまきぞえにするわけ？」

あれ、川上《かわかみ》さんて、こういうこわいキャラだったの？　ハッキリものをいう人《ひと》だっていうのは今日《きょう》知《し》ったんだけど、ここまできついとは思《おも》わなかった。

「ごめん、なんか、とっさに……」

また顔《かお》が赤《あか》くなりそうになっていると、周一《しゅういち》が急《きゅう》に「あっ」と声《こえ》を出《だ》した。

「ねえ川上《かわかみ》さん、横《よこ》にいたのに気《き》がつかなかったぼくも、やっぱり前方不注意《ぜんぽうふちゅうい》の同罪《どうざい》なのかな？」

川上《かわかみ》さんがプッとふきだした。

「それ、ふざけてんの？」

「え、まじめな質問《しつもん》だけど、どうして？」

今度《こんど》はぼくがププッとふきだした。

「川上《かわかみ》さんも木下《きのした》くんも、どうして笑《わら》うの？」

周一《しゅういち》は、あいかわらず、きょとんとしている。

「まじめな顔《かお》して『同罪《どうざい》』なんて、おおげさなこというからだよ。ね？」

川上《かわかみ》さんはこきざみにうなずいた。

「ヤマグチって、ほんと変《へん》なヤツだよね」

「えっ、そう？　ぼくのどこが変《へん》なのかな？

ぼくとしては、川上《かわかみ》さんのほうが、個性的《こせいてき》だと思《おも》うけど？」

周一《しゅういち》の返事《へんじ》に川上《かわかみ》さんはまたクスクス笑《わら》った。周一《しゅういち》はきょとんとしたままだ。

「ヤマグチはさ……」

と、川上《かわかみ》さんがいいかけると、周一《しゅういち》が手《て》をあげた。授業中《じゅぎょうちゅう》じゃないのに、いち

いち手《て》をあげるんだな。

「あのさ、川上《かわかみ》さん。名字《みょうじ》でよぶときは、『さん』づけにしたほうがいいと思《おも》うよ」

川上《かわかみ》さんは笑《わら》うのをやめて、くりっとした目《め》を細《ほそ》くして周一《しゅういち》を見《み》た。

「ふうん。わたしはべつに『カワカミ』でもいいけど?」

「いや、ぼくは名字《みょうじ》のよびすてには反対《はんたい》だよ」

ぼくはこのヘンテコな空気《くうき》をなんとかしようと、あわててふたりの会話《かいわ》にわりこんだ。

「あ、あのさ……ぼくは『キノシタ』でも、『マモル』でも、あだなでも、なんでもいいよ。三年生《さんねんせい》のときは『キノ』ってよばれてたんだ」

川上《かわかみ》さんがうなずいた。

「わかった、キノにしよう。わたしは『ひとみ』でいいよ」

「うん、じゃ『ひとみちゃん』ってよぶね」

ぼくがいうと、周一《しゅういち》もうなずいた。

「ぼくもそうするよ。いくら名前《なまえ》だって、女の子《おんなのこ》をよびすてにするのは、あまり気《き》が進《すす》まないからね」

あいかわらずマジメだなあ、周一《しゅういち》は。って思《おも》っていると、ひとみちゃんがまたクスッと笑《わら》った。

「わたしはどっちでもいいよ。で、きみはどうよばれたい？　山口《やまぐち》くん、山《やま》ちゃん、周一《しゅういち》、周《しゅう》ちゃん、ヤマグチグチ……」

ひとみちゃんのたたみかけるような話《はな》しかたに、ついふきだしそうになっていると、周一《しゅういち》が首《くび》をぶるんぶるん横《よこ》にふった。

「ヤマグチグチはやめてほしいな。ええと、名字《みょうじ》でよばれることが多《おお》いけど……両親《りょうしん》には『周一《しゅういち》』って、名前《なまえ》でよばれてる」

「そりゃそうだ。お母《かあ》さんも山口《やまぐち》なのに、息子《むすこ》をヤマグチくん、なんてよぶわけないし！　じゃ、周一《しゅういち》でいいね。キノと周一《しゅういち》」

ぼくと周一《しゅういち》は、なんとなく顔《かお》を見合《みあ》わせてから、うなずいた。

なんかひとみちゃんって、笑《わら》っているときの顔《かお》にぜんぜんにあわないほど、しゃべりかたがきついな。

はじめて同《おな》じクラスになったひとみちゃんを、今日《きょう》少《すこ》し観察《かんさつ》してみた。ひとみちゃんは、休《やす》み時間《じかん》はひとりで本《ほん》を読《よ》んでいた。けど、話《はな》しかけられるとふつうに返事《へんじ》するし、先生《せんせい》に指《さ》されると大《おお》きな声《こえ》でハキハキ答《こた》える。

それに、大我《たいが》たちがぼくをからかっていたとき、みんなはこっちを見《み》て大笑《おおわら》いしていたけど、ひとみちゃんだけはふり返《かえ》らなかった。

まわりに流《なが》されないひとみちゃんは、ぼくには別世界《べっせかい》の人《ひと》に見《み》える。けど、こうして話《はな》してみると、わりと話《はな》しやすい。しゃべりかたがぶっきらぼうでびっくりしたけど、よく笑《わら》うし。

「で、大我《たいが》がどうしたって？　さっき、なにか話《はな》してたでしょ？」

三人《さんにん》ならんで歩《ある》きはじめると、ひとみちゃんが聞《き》いた。

「そうなんだよ、ひとみさん。ぼくがね、木下《きのした》くんに……」

と周一《しゅういち》がいうと、ひとみちゃんが立《た》ち止《ど》まった。

「『さん』づけって、なんか、かたくるしいからやめてよ」

「あ、うん、そうだったね、ひとみちゃん。さっき、田中《たなか》くんが木下《きのした》……キノをからかったとき、ぼくが注意《ちゅうい》したら、わかってくれたでしょう？　でもキノは、ちがうっていうんだよね。どう思《おも》う？」

ひとみちゃんはまた歩《ある》きはじめながら、うなずいた。

「あ、そういうことか。ま、大我《たいが》はわかったんじゃなくて、しらけたからやめただけだろうね」

だよね、と共感《きょうかん》していると、周一《しゅういち》が「え」と、声《こえ》を上《あ》げた。

「ひとみちゃんもそう思《おも》うの？」

「うん。わたし三年生《さんねんせい》のはじめにこの学校《がっこう》に転入《てんにゅう》してきて、大我《たいが》と同《おな》じクラスだったんだよね。大我《たいが》ってさ、そのときも今《いま》と同《おな》じノリだったけど、べつに人《ひと》をからかってるっていう自覚《じかく》なんか、ないんだと思《おも》うよ」

「そうかなあ？」

「たぶんね。だって、悪気《わるぎ》のない、あっけらかんとした顔《かお》して、楽《たの》しそうにやってるでしょ」

ぼくは内心《ないしん》うなずいていた。そう、大我《たいが》ってそうなんだよ。だからこそタチが悪《わる》いんだ。でも、周一《しゅういち》は首《くび》をかしげた。

「そうかもしれないけど。それにしても、なんで田中《たなか》くんはああなのかな。なにか家庭《かてい》で問題《もんだい》をかかえているとか。だからストレスを発散《はっさん》したいのかな？」

ひとみちゃんは、あきれた目《め》つきで周一《しゅういち》を見《み》た。

「まさか周一《しゅういち》、家《いえ》に問題《もんだい》がある人《ひと》はみんな、ストレスでだれかをからかいたくなるとでも思《おも》ってんの？　そんなふうに決《き》めつけるのって、ひどくない？」

「え、いや」

周一《しゅういち》はあわてて、両手《りょうて》を顔《かお》の前《まえ》でパタパタふった。

「ただ、田中《たなか》くんが人《ひと》をからかう理由《りゆう》がわからないから」

ひとみちゃんは、周一《しゅういち》を横目《よこめ》で見《み》た。

「理由《りゆう》なんてないんじゃない？」

「そんなことって、あるかな……」

「あるでしょ。授業参観《じゅぎょうさんかん》のとき、大我《たいが》の両親《りょうしん》がそろって来《き》てたけど、ふたりともすごくやさしそうで、大我《たいが》のことかわいがってるみたいだったよ。幸《しあわ》せな家《か》庭《てい》、って感《かん》じだった。それに、大我《たいが》は三年生《さんねんせい》のときもクラスの人気者《にんきもの》だったよ。おもしろいしカッコいいしってさ」

すごいいきおいでしゃべったひとみちゃんは、はあ、と息《いき》をついた。

「そうなんだ。じゃ、どうして人《ひと》をからかってばかりいるんだろう……」

周一《しゅういち》はちょっとうつむいていった。

「うーん、たぶん、大我《たいが》にとって楽《たの》しいことをしてるだけなんだと思《おも》うよ。それか、ただまわりをもり上《あ》げているつもりなのかも。まあ、なんていうのかなー。相手《あいて》の気持《きも》ちにとことん……」

ひとみちゃんが首《くび》をかしげているから、ぼくが続《つづ》けた。

「にぶい、みたいな?」

「そう、それ」

「ふうん」

周一《しゅういち》は納得《なっとく》できない顔《かお》つきをしている。

ぼくから見《み》れば、周一《しゅういち》だって、人《ひと》の気持《きも》ちとかまわりの空気《くうき》に、かなりにぶいと思《おも》うけどね。

「ま、どっちにしてもさ」

ひとみちゃんはぼくと周一《しゅういち》をかわりばんこに見《み》た。

「大我《たいが》なんて、ただ幼稚《ようち》なだけ。あいつがからかってきても、たいしたことじゃないわけ。本気《ほんき》にすると、よけいおもしろがってひどくなるよ。わたしにいわせれば、いちいち気《き》にするなっての」

ちょっとカチンときた。ひとみちゃんだって、人《ひと》の気持《きも》ちににぶいじゃんっていいたくなったとき、周一《しゅういち》が「いや」と大《おお》きな声《こえ》を出《だ》した。

「それはちがうんじゃないかな。きみにはたいしたことなくても、からかわれている本人《ほんにん》にとっては、大変《たいへん》なことかもしれないよ？　そういういいかたって、相手《あいて》の気持《きも》ちににぶい田中《たなか》くんに似《に》てない？」

うわ。周一《しゅういち》、それいっちゃうのか。

まったくその通《とお》りなんだけど、大我《たいが》と似《に》てるっていうのはいいすぎだろうと思《おも》っていると、今度《こんど》はひとみちゃんがいい返《かえ》した。

「かもね。でも、それをいうなら、周一《しゅういち》だってにぶいじゃん。あんなふうに止《と》めに入《はい》ったら、キノがかえってこまるかもって思《おも》わなかった？　もっとちがうやりかた、ないわけ？」

「ええっ？」

周一《しゅういち》が立《た》ち止《ど》まった。

「もしかして、キノ、めいわくだったの？」

周一《しゅういち》とひとみちゃんにじっと見《み》られて、ぼくは顔《かお》が熱《あつ》くなってきた。

まさか「うん、マジでめいわくだった」ともいえない。

「いや、べつにそんなことはないけど……。あ、ぼくの家《いえ》こっちだから。じゃーねー、また明日《あした》！」

走《はし》ってその場《ば》をにげた。

ぼくってひきょうだなあ。

3 得意芸《とくいげい》

きのういっしょに帰《かえ》ったから、ぼくたち三人《さんにん》はすっかり仲《なか》よくなって……なんてことはない。ぼくの家《いえ》は学校《がっこう》に近《ちか》くて、ギリギリの時間《じかん》にダッシュで登校《とうこう》するから、今朝《けさ》はふたりと道《みち》で会《あ》わなかった。

ひとみちゃんは前《まえ》の席《せき》だけど、休《やす》み時間《じかん》は本《ほん》を読《よ》んでいるし、なんとなく話《はな》しかけにくい。

周一《しゅういち》は窓《まど》ぎわのいちばん後《うし》ろの席《せき》だから、目《め》を合《あ》わせることすらほとんどない。まあ、ぼくがなるべく周一《しゅういち》を見《み》ないようにしているんだけど。

ぼくたち三人《さんにん》は、たまたま目《め》が合《あ》っちゃえば、いちおう軽《かる》くあいさつはするけれど、それ以上《いじょう》の仲《なか》にはならない気《き》がする。たぶん三人《さんにん》とも、ひとりでいるのが好《す》きなんだと思《おも》う。

ぼくは、ひとりでもべつに退屈《たいくつ》はしないけど、「ひとりぼっち」と思《おも》われるのはあまり好《す》きじゃない。だから、なんとなくだれかとつるむ。でも、仲《なか》よくなるのに、けっこう時間《じかん》がかかるんだ。

三年生《さんねんせい》の半《なか》ばにやっと仲《なか》よくなったふたりとは、クラスがわかれてしまった。家《いえ》の方向《ほうこう》が校門《こうもん》を出《で》て真逆《まぎゃく》だったから、いっしょに登下校《とうげこう》したこともなかったし、たがいに家《いえ》に遊《あそ》びにいったこともなかった。教室《きょうしつ》でしゃべるだけの仲《なか》だったけど、ぼくにはそれで十分《じゅうぶん》だった。

また、そんなふうにだれかと親《した》しくなりたいけど、このクラスでは、初日《しょにち》からすでにグループができあがっていた。たぶん、前《まえ》からの仲間《なかま》どうしでくっついているんだろうな。

どこかのグループにわりこむというのもアリかもしれないけど、「あまり」になっちゃいそうで気《き》が重《おも》い。まあ、わりこむような勇気《ゆうき》もないし。

とはいっても、このクラスでまだだれともグループを作《つく》っていないのは、ぼくとひとみちゃんと周一《しゅういち》だけみたい。

ひとみちゃんは、ぼくや周一《しゅういち》を見《み》れば手《て》をちょっとあげたり、「おはよう」ってあいさつしたりはしてくれるけど、それで終《お》わり。いつも本《ほん》を読《よ》んでいる。よっぽどおもしろい本《ほん》なのかな。

今日《きょう》の休《やす》み時間《じかん》には、ほかの女《おんな》の子《こ》たちに放課後《ほうかご》遊《あそ》ぼうってさそわれたみたいだけど、「ごめん、わたしちょっと時間《じかん》なくてムリなんだ」って、あっさりことわっていた。

その子《こ》たちは、ひとみちゃんの席《せき》からはなれて、ぼくの後《うし》ろあたりにかたまって、「もしかして、もうお受験対策《じゅけんたいさく》?」「まさかあ」「でもふつう、新《あたら》しいクラスでさそわれたら、つきあわない?」「だよねー」って、さっそく悪口《わるぐち》をいっていた。

もっとコソコソいえばいいのに、けっこうふつうの声《こえ》で話《はな》していたから、ぼくにぜんぶつつぬけだ。きっとひとみちゃんにも聞《き》こえたと思《おも》う。

なんとなくその場《ば》にいづらくなったぼくは、席《せき》を立《た》って、ちょっとろうかをウロウロしてからもどった。女子《じょし》のグループがはなれたところに行《い》っててくれるといいなって期待《きたい》しながら。

もどってくると、あいかわらず女子《じょし》たちは同《おな》じ場所《ばしょ》で、今度《こんど》はぜんぜんちがう話題《わだい》でもり上《あ》がっていた。

でも、人《ひと》のことをすごく気《き》にするぼくとちがって、ひとみちゃん本人《ほんにん》は、本《ほん》にむちゅうになっているみたいだった。

どうしてあんなにマイペースでいられるんだろう。

マイペースといえば、周一《しゅういち》もある意味《いみ》すごくマイペースだ。かかわるとろくなことがなさそうだから距離《きょり》を置《お》こうとしているのに、周一《しゅういち》は、はなれた位置《いち》から、変《へん》なジャスチャーを送《おく》ってくる。おまわりさんの敬礼《けいれい》みたいのだったり、V《ブイ》サインだったり。信号《しんごう》が点《てん》めつしていてもかまわず、手《て》をふりながら横断歩《おうだんほ》道《どう》をわたってくる感《かん》じ。だからぼくはてきとうにうなずいて、すぐにそっぽを

向《む》く。「赤信号《あかしんごう》になるよ、ストップ！」のサインをあわてて出《だ》したつもりなんだけど、ぜんぜん気《き》がついてないみたい。

そして、また国語《こくご》の時間《じかん》がきてしまった。先生《せんせい》が入《はい》ってくる前《まえ》から、ドキドキしていた。

やだなあ。今日《きょう》はぼくがトップバッターだ。

もしかして、先生《せんせい》が順番《じゅんばん》をわすれていたりして？

なんていうひそかな期待《きたい》はあっさりうらぎられ、

「はい。じゃ木下《きのした》さん、一行目《いちぎょうめ》から七行目《ななぎょうめ》の『だったのです。』まで読《よ》んで」

っていわれたとき、すでにぼくの顔《かお》はほてりまくっていた。

でも、今度《こんど》は時間《じかん》かせぎをしても意味《いみ》がない。それにきのう、家《いえ》で音読《おんどく》の練《れん》習《しゅう》をたくさんやったし。

よし、さっさと読《よ》んじゃえ！

腹《はら》をくって立《た》ち上《あ》がり、棒読《ぼうよ》みだけどなんとかつっかえずに読《よ》み終《お》わると、さっさとすわった。

ふう。まあまあうまくいった。

背中《せなか》に汗《あせ》がたらたらーっと伝《つた》っていった。

「すっげー。木下《きのした》、またまっかっかだぞ」

ななめ後《うし》ろで大我《たいが》の声《こえ》がしたけど、だまって下《した》を向《む》いて深呼吸《しんこきゅう》をした。

ホッカホカの顔《かお》が、だんだん冷《さ》めていくのがわかる。

給食《きゅうしょく》の時間《じかん》が終《お》わると、大《おお》つぶの雨《あめ》がふってきた。

「サッカーできないじゃん！」

「えー、マジかよー」

みんなが教室《きょうしつ》でさわぎはじめた。

サッカーは好《す》きじゃないけど、ぼくも外《そと》に出《で》たかった。うら庭《にわ》を散歩《さんぽ》するのが好《す》きで、つるむ相手《あいて》がいないときはいつもそうしてきた。教室《きょうしつ》でじっとしているよりいい。

花《はな》や虫《むし》なんかを見《み》ながら、時間《じかん》をつぶす。どこになにが植《う》えてあるか、どんな虫《むし》がいるか、だいたい知《し》ってる。ななめになっている花《か》だんの札《ふだ》を立《た》て直《なお》したりすると、なんだかひと仕事《しごと》したような気《き》にもなる。

雨《あめ》だと教室《きょうしつ》にいるしかない。やることがないから、本《ほん》を読《よ》んでいるひとみちゃんに話《はな》しかけようかと思《おも》った。でも、じゃまかな。ぼくも本《ほん》を持《も》ってくればよかったな。

まわりのにぎやかな声《こえ》を聞《き》きながらボーッとしていると、急《きゅう》に大我《たいが》が話《はな》しかけてきた。

「木下《きのした》、なあ、もう一回《いっかい》赤《あか》くなってみせてよ。まっかっかの顔《かお》、チョーすごかったから」

「え、そんなこといわれても」

ムッとしていたせいか、じっと見《み》られているのに、赤《あか》くならなかった。

でも、数人《すうにん》がよってきて、

「見《み》せて見《み》せてー」

とかいいはじめると、さすがにはずかしくなって、顔《かお》がほてりはじめた。

「みんなで木下《きのした》を観察《かんさつ》しようぜ。ほら」

「お、赤《あか》くなってきた」

「すげー」

机《つくえ》につっぷそうとしたけど、みんながぼくの机《つくえ》の上《うえ》に手《て》をのせているから、できない。

「木下《きのした》、もっといけるんだろ？　まだ食《た》べごろトマトじゃないぞ」

「お、どんどん熟《じゅく》してきました！」

「こういうのって、ある意味《いみ》『得意芸《とくいげい》』だよなー」

なにいってるんだろう、こいつら！

そしてぼくは、ムカついているはずなのに、なぜかヘラヘラしている。まあ、ここで泣《な》いたりおこったりすると、よけいからかわれるに決《き》まってるんだから。

それに、大勢《おおぜい》の輪《わ》の中《なか》に入《はい》っているのは、いやな気分《きぶん》じゃない。

ほんとは、ただ囲《かこ》まれてるだけだけど……。

「あんたら、バッカみたい」

ふり向《む》いたひとみちゃんが、大我《たいが》たちを見《み》ながらいった。でも、そんなことをいわれてひるむ大我《たいが》たちじゃない。

「でしょでしょ？　オレたちバカやるの大好《だいす》き」

って大我《たいが》が明《あか》るくいうと、みんながどっと笑《わら》う。

うっかりぼくまで笑《わら》っちゃいそうになって、自分《じぶん》がこわくなる。

ひとみちゃんがぼくをちらっと見《み》てから、また前《まえ》を向《む》いた。

大我《たいが》はドヤ顔《がお》で、みんなを見《み》まわす。自分《じぶん》がスターだと思《おも》ってるんだろうな。

そのとき。

「やめろよ！」

後《うし》ろから声《こえ》が近《ちか》づいてきた。

ああ、周一《しゅういち》だ。たのむからひっこんでてくれ！

「きみたち、やりすぎだと思《おも》わないの？」

周一《しゅういち》は、またしても姿勢《しせい》をピッと正《ただ》して、まるで救世主《きゅうせいしゅ》みたいだ。

「あのなあ」

大我《たいが》が周一《しゅういち》と向《む》き合《あ》ったとき、チャイムがなって、先生《せんせい》が入《はい》ってきた。

助《たす》かった……。

4 トマトマン

つぎの日《ひ》、下校時間《げこうじかん》になると、ぼくはダッシュで家《いえ》に帰《かえ》った。大我《たいが》とも周一《しゅういち》とも話《はな》したくない。

ランドセルからカギをひっぱりだして、家《いえ》のドアを開《あ》けて入《はい》る。だれもいないけど、「ただいまー」っていうことにしてる。で、「おかえりー」なんて、自分《じぶん》でこたえる。

夕方六時半《ゆうがたろくじはん》までは、ぼくひとり。うす暗《ぐら》い家《いえ》に帰《かえ》って、「おかえり」っていってもらえないのはちょっとさびしいけど、それ以外《いがい》は悪《わる》くない。宿題《しゅくだい》はあとでやるとして、自分《じぶん》のへやでゴロゴロしながらマンガを読《よ》んだり、リビングでテレビを見《み》たりゲームをしたりして、好《す》きかってにだらだらとすごす。なにをしてもおこられない、ぼくだけの時間《じかん》だ。

せんたくものを取《と》りこんでおいて、っていわれているんだけど、しょっちゅうわすれちゃう。たまたまベランダに目《め》がいってヒラヒラ風《かぜ》にゆれるせんたくものを目《め》にすると、はっと思《おも》いだすんだけど。

玄関《げんかん》からの母《かあ》さんの「ただいまー」に、ぼくは「おかえりなさーい」と返事《へんじ》をしながら、あわててゲームを終了《しゅうりょう》させる。いつもの儀式《ぎしき》だ。テレビを見《み》ていてもおこられないけど、ゲームをやっていると、なぜかおこられるから。

あわてて立《た》ち上《あ》がったぼくに、母《かあ》さんが聞《き》いた。

「ねえ、そういえば守《まもる》、四年生《よねんせい》のクラスはどう？」

どきっとした。もしかして、なにもかもお見通《みとお》しなのかな。

いや、そんなわけないか。

「……うん、まあまあかな。三年生《さんねんせい》のときの吉田《よしだ》くんやいっくんとは、べつのクラスになっちゃったけど、前《まえ》のクラスより明《あか》るいというか」

われながら、すごいごまかしかただ。でも、ウソじゃない。ほんとに、前《まえ》のクラスよりは明《あか》るい。なにしろ大我《たいが》たちがいつもさわいでいるから。

「あら、そう。それはよかった！　今日《きょう》はお父《とう》さんも早《はや》く帰《かえ》ってくるらしいから、すぐに晩《ばん》ごはんを作《つく》るわね」

スーツからダボダボの服《ふく》に着《き》がえて、かみの毛《け》をきゅっと上《うえ》でだんごにしてエプロンをすると、母《かあ》さんは急《きゅう》にお母《かあ》さんモードになる。なんだか顔《かお》つきまでちがう気《き》がする。

母《かあ》さんは、冷蔵庫《れいぞうこ》からタッパーを取《と》りだした。日曜日《にちようび》に作《つく》り置《お》きをしているから、平日《へいじつ》の夜《よる》はさっと温《あたた》めたり、ちょっと手《て》を加《くわ》えたりするだけで、りっぱなごちそうになる。

なんでもパッパッと手《て》ぎわよくこなす母《かあ》さんを見《み》ていると、ぼくは父《とう》さん似《に》なのかなと思《おも》う。日曜日《にちようび》は母《かあ》さんと父《とう》さんが協力《きょうりょく》して一週間分《いっしゅうかんぶん》のおかずを作《つく》るんだけど、指示《しじ》をするのもテキパキとムダなく動《うご》くのも、母《かあ》さんだ。

それにくらべて、父《とう》さんは本当《ほんとう》に手《て》ぎわが悪《わる》い。いつも母《かあ》さんにおこられている。なんか自分《じぶん》の将来《しょうらい》を見《み》ているみたいで、居心地《いごこち》が悪《わる》い。

ぼくも、「ちょっと手伝《てつだ》って！」っていわれると手伝《てつだ》うけど、父《とう》さんよりもっと手《て》ぎわが悪《わる》くて、ほとんどじゃまだ。

今《いま》も、母《かあ》さんは冷凍《れいとう》していたハンバーグをフライパンにならべると、焼《や》いているあいだに豆腐《とうふ》やネギをきざんでみそしるを作《つく》り、さらにサラダを作《つく》り、合間《あいま》にあいた鍋《なべ》や容器《ようき》をさっさとあらってかたづけている。

母《かあ》さんは、まるで千手観音《せんじゅかんのん》みたいに手《て》がいっぱいあるようだ。

「ねえ……、子《こ》どものころから、そうやってなんでも要領《ようりょう》よくできたの？」

母《かあ》さんの手《て》の動《うご》きを見《み》ながら、聞《き》いてみた。

「そうねえ、うちも共働《ともばたら》きの家《いえ》でみんな忙《いそが》しかったからね。いっぺんにいろいろやるのは、おばあちゃんから教《おそ》わったのよ。そうせざるをえない状況《じょうきょう》だとね、手《て》ぎわだってだんだんよくなるものよ」

「ふうん。でも、がんばっても器用《きよう》になれない人《ひと》もいるでしょ？」

「かもね。お父《とう》さんとか」

そういって、母《かあ》さんは笑《わら》った。ぼくとかね、ってつけ加《くわ》えたくなったけど、やめておいた。

「ねえ、そういう人《ひと》を見《み》てると、イライラする？」

「え？」

母《かあ》さんは手《て》を止《と》めて、ぼくを見《み》た。

「そんなことないわよ」

そういってから、またちゃっちゃと手《て》を動《うご》かす母《かあ》さんの笑顔《えがお》は、なんとなく不自然《ふしぜん》に見《み》えた。

「本音《ほんね》は？」

「まあ、ちょっとイライラすることもあるわね。ついついお父《とう》さんにも、もんくいっちゃうし。でも、しょうがないもの。人《ひと》それぞれリズムがちがうんだし」

「うん……」

「手《て》ぎわがいいことより、もっと大事《だいじ》なこともあるしね」

「そう？　なにそれ？」

「うーん、それも人《ひと》それぞれちがうんじゃない？」

大事《だいじ》なことって、人《ひと》それぞれなのかな。

「母《かあ》さんは、手《て》ぎわの悪《わる》い父《とう》さんの、どこがよかったの？」

って聞《き》いたら、母《かあ》さんは、今度《こんど》こそ満面《まんめん》の笑《え》みを見《み》せた。

「ふふふ。そうねえ、お父《とう》さんはたしかになんでもおそいけど、やることがていねいなところとか、信頼《しんらい》できるところとか、やさしいところ……かな」

ていねいなのか。ぼくとはちがうな。

「でもさ、父《とう》さんっておっとりしてるでしょ。よく営業《えいぎょう》とかつとまるよね。人《ひと》に商品《しょうひん》を売《う》りこまなきゃいけないいんでしょ？」

父《とう》さんがいると聞《き》けないことを、母《かあ》さんに聞《き》いてみた。

「そうねえ、バリバリの営業《えいぎょう》マン、とはいかないらしいけど、まあまあうまくいってるみたいよ。あのおっとりしたイメージが好《す》きで、長《なが》くおつきあいしてくれるお客《きゃく》さんもいるんじゃない？　ほら、しゃべるのは上手《じょうず》でも信用《しんよう》できない感《かん》じの人《ひと》っているでしょう？　その正反対《せいはんたい》だからね、お父《とう》さんは」

ぼくは、なるほど、とうなずいた。

「それならわかる。でも、父《とう》さんは赤面症《せきめんしょう》じゃ……」

そのとき、「ただいまー」という声《こえ》が玄関《げんかん》から聞《き》こえてきた。「おかえりなさーい」という返事《へんじ》をふたつもらえる父《とう》さんが、ちょっとうらやましいな。

あっというまに皿《さら》がテーブルにならべられて、夕食《ゆうしょく》になった。

だれに似《に》てぼくが赤面症《せきめんしょう》なのか、どう対策《たいさく》を立《た》てたらいいのか、いろいろ聞《き》きたかったのに、チャンスを失《うしな》ってしまった。ずっと前《まえ》から父《とう》さんにも聞《き》きたいと思《おも》っていたんだけど、いまだに聞《き》けないでいる。

前《まえ》に母《かあ》さんには聞《き》いたけど、

「だれだって、赤《あか》くなることぐらいあるわよ」

で終《お》わってしまった。

それでもすごくこまってるんだっていったら、まるでぼくが蚊《か》にさされたことをおおげさになやんでいるみたいに、あっさり受《う》け流《なが》された。

「そんなこと、気《き》にしない、気《き》にしない！　大《おお》きくなるにつれて、だんだん赤《あか》くならなくなるものよ」

でも、ぼくは今《いま》、本当《ほんとう》にこまっているんだけどな。

食事《しょくじ》をしていると、父《とう》さんにも新《あたら》しいクラスのことを聞《き》かれた。

「うん。まあまあうまくいってるよ」

またウソをついた。けっしてうまくいっているわけじゃないんだけど。

「それはよかった。今日《きょう》はなにか学校《がっこう》でおもしろいことあったか？」

大我《たいが》の顔《かお》が目《め》に浮《う》かんできたけど、ぼくはやわらかいハンバーグをおはしでいっしょうけんめい切《き》っているふりをしながら答《こた》える。

「とくにないよ。いつもと同《おな》じ」

視線《しせん》を上《あ》げると、父《とう》さんはハンバーグをほおばりながらうなずいた。

「そうか。いつもと同《おな》じか。それがいちばんだよな」

ぼくもハンバーグを口《くち》いっぱいにほおばって、うなずいた。

「いつも」によるけどね、っていいたかったのをがまんして、ハンバーグを飲《の》みこんだ。


じつは、きのうの昼休《ひるやす》みに続《つづ》いて、今日《きょう》もからかわれた。

「木下《きのした》、またまっかなトマトの顔《かお》、見《み》せてよ！　もう、これが日課《にっか》になっちゃったぜ！」

休《やす》み時間《じかん》に大我《たいが》がうれしそうな顔《かお》をして近《ちか》づいてきて、ぼくが内心《ないしん》「大我《たいが》組《ぐみ》」とよんでいる仲間《なかま》といっしょに、ぼくを囲《かこ》んだ。

「木下《きのした》ちゃーん」

なんて、親《した》し気《げ》によばれて、よけい腹《はら》が立《た》った。

うるさいな、おまえら、あっち行《い》けよ！　なんて声《こえ》になるはずもなく、こっそりと小《ちい》さなため息《いき》をついた。

にげようと思《おも》ったけど、どんどん人《ひと》が集《あつ》まってきちゃったから、タイミングをのがしてしまった。

「早《はや》くトマトに変身《へんしん》してくれよー。あ、そうだ、トマトマンってのはどうだ？かっこよくね？　な？」

大我《たいが》がみんなの顔《かお》を見《み》てから、ぼくに意見《いけん》をもとめた。

「えっ……」

「いいね、それ！」

「大我《たいが》、それいい！　トマトマン、ウケるー」

「だろ？」

「トマトマン、最高《さいこう》！」

「さすが大我《たいが》！」

かってにもり上《あ》がるなよ！　あー、もうほっといてくれないかな！

もえるように熱《あつ》くなってきた耳《みみ》を手《て》でおさえてうつむいていると、あの声《こえ》がとんできた。

「きみたち、やめろよ！」

「お、出《で》たなっ、セイギのミカタめ！」

周一《しゅういち》を指《ゆび》さし、戦《たたか》うポーズをとる大我《たいが》のおおげさな声《こえ》に、そのときクラスにいたみんなが爆笑《ばくしょう》した。

笑《わら》っていないのは、たぶんぼくと周一《しゅういち》と、ふり向《む》いたひとみちゃんだけだった。ひとみちゃんは大我《たいが》と周一《しゅういち》をかわりばんこに見《み》てから、周一《しゅういち》になにかいいたそうな顔《かお》をした。けど、なにもいわなかった。

周一《しゅういち》は、大我《たいが》に近《ちか》づきながらさけんだ。

「田中《たなか》くん、それは、『からから』を通《とお》りこして、もうイジメだと思《おも》うよ！」

一瞬《いっしゅん》、シーン。

なんだか、周一《しゅういち》の言葉《ことば》にイラッときた。

「はあ？」

大我《たいが》が両手《りょうて》をあげて、あきれたポーズをとった。

「イジメじゃねーよ。おまえ、知《し》らないの？　イジメってこんなかわいいもんじゃないからな。教科書《きょうかしょ》やぶくわ、ノートにひでえこと書《か》くわ、ふでばこを便器《べんき》に落《お》とすわ。みんなで無視《むし》するし、あることないことSNS《エスエヌエス》に書《か》いて拡散《かくさん》しまくってさ。しつこくてサイテーなのが『イジメ』だろ。こんなの、ただの楽《たの》しいおアソビだよ。かわいいもんだ」

大我《たいが》がふてくされた声《こえ》を出《だ》した。

たしかにこれはイジメじゃないだろうけど、「楽《たの》しいおアソビ」っていうのもひっかかる。そう思《おも》っていると、周一《しゅういち》が一歩前《いっぽまえ》に出《で》た。

「いや、イジメって、そういうささいなことからはじまるんだと思《おも》うよ」

きっぱりといいきった周一《しゅういち》。

「あのな、ヤマグチ！　よっく聞《き》けよ」

大我《たいが》が大《おお》きな声《こえ》でそういいはじめたとき、ぼくはいつのまにか、周一《しゅういち》に向《む》かって声《こえ》を上《あ》げていた。

「ぼくは、だいじょうぶだから！」

口《くち》がかってにしゃべってる感《かん》じだった。

周一《しゅういち》がうたがい深《ぶか》い目《め》つきで、ぼくを見《み》た。

「キノ……本当《ほんとう》？」

「本当《ほんとう》だよ、なあキノ？」

大我《たいが》が急《きゅう》にぼくを「キノ」とよんだことに、かなりうす気味悪《きみわる》さを感《かん》じながらも、ぼくはうなずいていた。

「ほら見《み》ろ、山口《やまぐち》。オレたちとキノはオトモダチなんだよ。いじめてんじゃないの。ちょっとイジって遊《あそ》んでんの。キノだって、それを楽《たの》しんでんのが、わかんねーかなあ？」

ぼくはちっとも楽《たの》しんでなんかいないけど、だまっていることにした。

周一《しゅういち》はぼくと大我《たいが》を交互《こうご》に見《み》て、それからきびすを返《かえ》すと、自分《じぶん》の席《せき》にもどっていった。

胸《むね》がちくっとした。

でもいいんだ、これで。

大我《たいが》にからかわれるのもいやだけど、周一《しゅういち》のよけいなお世話《せわ》のほうが、もっといやなんだから。

「あいつ、ほんっとうるさいよな。こっちはただ遊《あそ》んでるだけなのに。なあ、キノ？」

大我《たいが》がやけになれなれしく、肩《かた》に手《て》をまわしてきた。

はらいのけたかったけど、できなかった。それどころか、ぼくはなぜかヘラヘラしていた。

自分《じぶん》で自分《じぶん》がいやになって、なんとなく視線《しせん》を泳《およ》がすと、ふり向《む》いたひとみちゃんと目《め》が合《あ》った。

「イヤならイヤって、大我《たいが》にいえばいいのに。本当《ほんとう》に楽《たの》しんでるの？」

ひとみちゃんがぼくに聞《き》いた。

横《よこ》でさわいでいる大我《たいが》に聞《き》こえたんじゃないかと思《おも》って、ひやひやしながら、ぼくは大《おお》きくうなずいた。今《いま》ここで大我《たいが》にきらわれたくないと思《おも》っている自分《じぶん》が、ちょっとなさけなかった。

そんな今日《きょう》一日《いちにち》を思《おも》いだしていると、いつのまにかハンバーグを食《た》べる手《て》が止《と》まっていた。けっして楽《たの》しかった、とはいえない。でも、父《とう》さんや母《かあ》さんに、本当《ほんとう》のことなんて、もっといえない。

それに、大我《たいが》じゃないけど、イジメというような、おおげさなものじゃない。

たいしたことないんだから。

ぜんぜんたいしたことない……。

5　平《へい》和《わ》な一《いち》日《にち》

快晴《かいせい》の金曜日《きんようび》。

朝《あさ》のやわらかい日差《ひざ》しとそよ風《かぜ》が、教室《きょうしつ》の中《なか》に入《はい》ってくる。

みんながしゃべる声《こえ》と、校庭《こうてい》の木《き》にとまっている鳥《とり》の声《こえ》が重《かさ》なって、なんだか気持《きも》ちいい。

平和《へいわ》だなあ。

このクラスになって、はじめて外《そと》の鳥《とり》の声《こえ》を聞《き》いた気《き》がする。

四年生《よねんせい》になって最初《さいしょ》の週《しゅう》が今日《きょう》でやっと終《お》わる。なんかものすごく長《なが》かったような気《き》がするな。そして今日《きょう》は、いつもとはなにかがちがう。そういえば、あの、でかい声《こえ》が……。

あれ？

ふり返《かえ》って見《み》ると、もうすぐ先生《せんせい》が来《く》るのに、ななめ後《うし》ろの大我《たいが》の席《せき》がまだあいている。

「ちぇっ、大我《たいが》ちこくかよー」「なにやってんだ、あいつ」

「てか、この時間《じかん》だと、たぶん休《やす》みでしょ」

大我組《たいがぐみ》の三人《さんにん》の声《こえ》が聞《き》こえてきた。

ひとりがこっちを見《み》そうになったから、あわてて目《め》をそらす。

大我《たいが》が休《やす》みなのか。どうりで静《しず》かなわけだ。

ほっとしていたら、

「トマトマンごっこでもやるか？」

って聞《き》こえてきて、ドキッとした。三人《さんにん》の声《こえ》は大我《たいが》と同《おな》じようにえんりょのないボリュームだから、ぼくにまでしっかりとどいてしまう。

「トマトマンごっこ」なんていう名前《なまえ》の遊《あそ》びになっているのか。

ムッとしていると、先生《せんせい》が入《はい》ってきて、みんなあわてて着席《ちゃくせき》した。

朝《あさ》の会《かい》で、大我組《たいがぐみ》のひとりが手《て》をあげた。

「先生《せんせい》、田中《たなか》くんは、病気《びょうき》でお休《やす》みなんですか？」

先生《せんせい》は首《くび》を軽《かる》く左右《さゆう》にふってから、答《こた》えた。

「田中《たなか》さんは、おじいさんが亡《な》くなったので、お父《とう》さんのふるさとに行《い》くそうです。月曜日《げつようび》には学校《がっこう》に来《こ》られるそうなので、田中《たなか》さんにいたわりの言葉《ことば》をかけてあげてくださいね」

とたんに、大我組《たいがぐみ》の三人《さんにん》がさわぎはじめた。だれも知《し》らなかったらしい。

先生《せんせい》がパンパン、と手《て》をたたいた。

「そこ、静《しず》かにしてください。では、今日《きょう》は……」

ちょっと意外《いがい》だった。大我《たいが》、あの三人《さんにん》とあれだけ仲《なか》がいいのに、そういう肝《かん》心《じん》なことはいわないんだ。変《へん》だよな？

でも、よく考《かんが》えたらぼくだって、そうだ。去年《きょねん》おばあちゃんのお葬式《そうしき》のとき、クラスの友《とも》だちにいわなかった。まあ土日《どにち》だったから学校《がっこう》も休《やす》まなかったけど。大好《だいす》きなおばあちゃんだったから、本当《ほんとう》はとっても悲《かな》しかったんだけど、だれにもいわなかった。なんとなく、そんな話《はなし》をするのがはずかしかったのかもしれない。話《はな》したら泣《な》きそうになるのが、いやだったからかもしれない。それとも、しんみりしちゃって、せっかくの楽《たの》しい空気《くうき》をこわしたくなかったからかもしれない。

今日《きょう》は、だれにもからかわれることのない、平和《へいわ》な一日《いちにち》だった。

大我組《たいがぐみ》はあれからなにもしてこなかったし、先生《せんせい》に指《さ》されることも、だれかにじっと見《み》られることもなく、一度《いちど》もトマトマンにならずにすんだ。

ああ、こんな毎日《まいにち》だったら、どんなに楽《らく》だろう！

周一《しゅういち》もセイギのミカタになる必要《ひつよう》がなく、いることをわすれちゃうくらい静《しず》かだった。あ、一回《いっかい》だけ目立《めだ》ったな。だれも答《こた》えられなかった算数《さんすう》の問題《もんだい》で、周一《しゅういち》が手《て》をあげた。先生《せんせい》に指《さ》されて、正《ただ》しいときかたと答《こた》えをスラスラと黒板《こくばん》に書《か》いたら、みんなが「すげー」「さすがー」なんて、ちゃかしたんだ。

周一《しゅういち》が席《せき》にもどる前《まえ》に、ぼくと目《め》が合《あ》った。そして低《ひく》い位置《いち》でこっそりV《ブイ》サインを送《おく》ってきた。けど、ぼくは見《み》て見《み》ないふりをした。だいたい、そのジェスチャーの意味《いみ》がよくわからなかったし。

「見《み》ろ、すごいだろ」なのか？

「やった、うまくいったぜ」なのか？

「大我《たいが》がいなくて平和《へいわ》だな」なのか？

それとも、ただのあいさつなのか？

とにかく、これだけ平和《へいわ》な一日《いちにち》をすごしてしまうと、月曜《げつよう》も大我《たいが》が来《こ》なきゃいいのにな、と思《おも》ってしまう。あいつがいなければ、たぶんトマトマンごっこもなくなる。このまま月曜《げつよう》も、なんならそのままずっと帰《かえ》ってこないで、いっそのことそっちに転校《てんこう》しちゃってくれると、ぼくは大助《おおだす》かりなのに。

……なんて都合《つごう》のいいことを考《かんが》えている自分《じぶん》が、ちょっとなさけない。自分《じぶん》が変《か》わるのがいちばんってこと、わかってるんだけどさ。

正直《しょうじき》いうと、大我《たいが》のいないクラスは、どんよりくもった日《ひ》みたいに暗《くら》かった。ぼくにとっては、あいつがいないほうが助《たす》かるはずなんだけど、いなきゃいないで、なんとなくもの足《た》りない感《かん》じもする。教室《きょうしつ》の空気《くうき》がよどむっていうか。

このクラスにとって、大我《たいが》は元気《げんき》のもとなのかもしれない。

6 大我《たいが》のたくらみ

月曜日《げつようび》に大我《たいが》が登校《とうこう》してきたとき、ぼくは声《こえ》をかけるべきかどうか、タイミングをつかめずにいた。

なんていえばいいんだろう。「おくやみもうしあげます」でいいのかな。「ごしゅうしょうさまです」だっけ。いや、シンプルに「大変《たいへん》だったね」かな。自分《ぶん》から大我《たいが》に声《こえ》をかけたことはないから、キンチョーするな。うーん……。

ところが、大我《たいが》はいつものように元気《げんき》よく席《せき》に向《む》かってくると、仲間《なかま》に「よっ！」なんてさけんで、つぎつぎにハイタッチをしていった。

「おー、タイガー、やっと来《き》たか！」

「おまえがいないとチョー退屈《たいくつ》だったよ」

金曜日《きんようび》にたった一日《いちにち》休《やす》んだだけで、大我組《たいがぐみ》のみんなはまるで一《いっ》か月《げつ》くらい

会《あ》っていなかったみたいに、大《おお》さわぎで大我《たいが》をむかえた。

みんな、すごくうれしそうだった。やっぱり大我《たいが》は人気者《にんきもの》なんだな。でも、「いたわりの言葉《ことば》」なんて、だれもいっていないみたいだ。

「ふっふっふ、タイガー復活《ふっかつ》！　おまえらのために帰《かえ》ってきたぞ！」

みんな爆笑《ばくしょう》。

なんだ、ちっとも悲《かな》しそうじゃないじゃん。

大我《たいが》のアホっぽいこのノリが、みんな好《す》きらしい。

「もう、じーちゃんち田舎《いなか》すぎて、ヘビだの虫《むし》だの、すげーの！」

大我《たいが》は、お葬式《そうしき》の暗《くら》い話《はなし》はしないで、おもしろおかしいエピソードばかりを大声《おおごえ》で話《はな》した。みんなの注目《ちゅうもく》を浴《あ》びて、おおげさなジェスチャーつきで話《はな》すがたは、まるでお笑《わら》い芸人《げいにん》みたいだった。

おとなどうしが遺産相続《いさんそうぞく》のことでもめて、とっくみあいになりそうになったけど、おじさんたちがよっぱらっていたから、立《た》ち上《あ》がったとたんに将棋《しょうぎ》だおしみたいにバッタバッタたおれて、おもしろかったとか。

お坊《ぼう》さんのつるつるの頭《あたま》に、両手《りょうて》を広《ひろ》げたくらいの大《おお》きさの（そんなのありえないと思《おも》うけど）でっかい蛾《が》がはりついたとか。でもお経《きょう》を唱《とな》えているときだったからだれもいえなくて、蛾《が》がまるでリボンみたいに見《み》えてきて、お経《きょう》のあいだずっと笑《わら》うのをこらえるのが大変《たいへん》だったとか。

山《やま》のふもとに熊《くま》が出《で》たけど、となりのおばさんのこわい顔《かお》を見《み》てスタコラサッサとにげだしたとか。

みんなは大我《たいが》の話《はなし》に聞《き》き入《い》り、大笑《おおわら》いをした。ぼくも笑《わら》った。ホントかウソか知《し》らないけど、どうしてあんなに話《はなし》がうまいんだろう。

結局《けっきょく》、ぼくはなにもいえなかったけど、大我《たいが》は悲《かな》しそうには見《み》えなかったから、それでいいんだと思《おも》う。たぶん、遠《とお》いし、あまりつきあいのないおじいちゃんだったんだろう。じゃないとしたら、わざと強《つよ》がっているのか、人《ひと》が亡《な》くなってもぜんぜん悲《かな》しくないにぶいヤツなのか、よくわからない。

とにかく、「トマトマンごっこ」のことはすっかりわすれているみたいだったから、今《いま》ここでぼくが目立《めだ》つことをするのは、やめたほうがいい。

ほっとしていると、授業《じゅぎょう》がはじまった。

今日《きょう》もまた、授業中《じゅぎょうちゅう》に指《さ》された周一《しゅういち》がカンペキに答《こた》えて、先生《せんせい》にほめられた。

だれも答《こた》えられないような問題《もんだい》だと、周一《しゅういち》しか手《て》をあげないから、かならず周一《しゅういち》が指《さ》されるパターンになってきている。

そのたびに、大我《たいが》が「すげえな、山口大先生《やまぐちだいせんせい》！」と、おおげさにもり上《あ》げるから、みんなも「天才《てんさい》！」「アインシュタインかよ！」なんてぐあいに、さわぐんだ。

「はい、静《しず》かに！」

先生《せんせい》にそういわれるまで、みんなは口《くち》ぐちにいやみったらしいお世辞《せじ》をいう。

ところが周一《しゅういち》は、「いや、それほどでも」とか「そんなことないよ」なんて照《て》れたりせず、にっこり笑《わら》ってどうどうと「ありがとう！」って返《かえ》す。

それを聞《き》いて大我《たいが》たちはゲラゲラ笑《わら》うけど、周一《しゅういち》はあいかわらずきょとんとした顔《かお》つきだ。

純粋《じゅんすい》っていうか、天然《てんねん》っていうか、にぶいっていうか。あそこまでいくと、もう、うらやましいレベルだ。

周一《しゅういち》が口《くち》を開《ひら》くたびに、ひやひやしてしまう。またなんか変《へん》なことをいって、クラスで浮《う》くんじゃないかって。しかも、本人《ほんにん》は浮《う》いていることにまったく気《き》がついていないみたいだし。

たぶん、あいつにはかかわらないほうが身《み》のためだ。ぼくはみんなの中《なか》にまぎれていたいんだから。カメレオンみたいにまわりが緑《みどり》なら緑《みどり》になるし、青《あお》なら青《あお》くなる。同《おな》じ色《いろ》になっていれば、注目《ちゅうもく》されることはない。あとは顔《かお》さえ赤《あか》くならなければ……。

悪《わる》いけど、周一《しゅういち》といっしょにいると、赤《あか》くならなくても目立《めだ》っちゃう。だから周一《しゅういち》がV《ブイ》サインを送《おく》ってくると、見《み》なかったふりをして、すぐにそっぽを向《む》いてしまう。

無視《むし》するなんて、最低《さいてい》だよな。自分《じぶん》がやられたら、すごくいやだと思《おも》う。自《じ》分《ぶん》で自分《じぶん》がいやになるけど、しょうがないんだ。ここは目立《めだ》たず、さわがず、どうにか息《いき》を止《と》めて、ひっそりとしていなきゃ。

昼休《ひるやす》みになったとたん、大我《たいが》が近《ちか》づいてきた。一瞬《いっしゅん》身《み》がまえていると、大我《たいが》は小《ちい》さな声《こえ》でいった。

「なあ、キノ」

親《した》し気《げ》に話《はな》しかけられると、相手《あいて》が大我《たいが》でも、つい気《き》をゆるしてしまう。

「ん？」

「山口《やまぐち》が『セイギのミカタ』やるとき、うざいだろ？」

返事《へんじ》にこまった。イエスといえば周一《しゅういち》に悪《わる》いし、ノーといえば大我《たいが》にまたなにかいわれそうだ。

「んー、まあ……」

「だろ？　あいつにわからせてやろーぜ」

「えっ、どういう意味《いみ》？」

「つまりさ」

大我《たいが》はうれしそうな顔《かお》をして、顔《かお》をさらに近《ちか》づけた。

「オレがさ、またおまえのことイジるわけ。すっごーくハデにな。いつもよりおおげさにやるぞ。演技《えんぎ》なんだ、演技《えんぎ》。気《き》にすんな。そんであいつがまたやってきたら、いってやれよ。『セイギのミカタなんてめいわくだ！』ってさ」

「いや……それは……」

「いいじゃん。だってさ、オレたち遊《あそ》んでるだけだろ？　なのに、いっつも山《やま》口《ぐち》にじゃまされて、うざいったらありゃしない。な？」

うん、とはいえない。

でも、ことわると……なんて考《かんが》えているうちに、大我《たいが》が大《おお》きな声《こえ》を出《だ》した。

「さあ、今日《きょう》もトマトマンのお時間《じかん》がやってまいりました！」

えっ。やるなんて、いってないのに。

大我組《たいがぐみ》の三人《さんにん》もやってきて、手拍子《てびょうし》をはじめる。

「いよっ、トマトマン、待《ま》ってました！」

「変身《へんしん》、トマトマーン！」

「お、赤《あか》くなってきたぞ！」

「いけっ、トマトマーン！」

なに、このもり上《あ》がりようは。おまえら、やることがほんっとガキだぞ。

ムカつくやらはずかしいやらで、ぼくはあっというまにふっ点《てん》に達《たっ》した。

顔《かお》がメラメラともえるように熱《あつ》い。

周一《しゅういち》、たのむから来《く》るなよ！

「すげー、いつもより赤《あか》いぜ」

「ほんとだ。ちょっと熟《う》れすぎのトマトマンだな！」

と、そのとき。来《こ》なくていいヤツがやっぱり来《き》てしまった。


「いいかげん、やめろよ！」

仁王立《におうだ》ちする周一《しゅういち》。

「きみたち、どうしてわからないのかな！　キノが……木下《きのした》くんがかわいそうじゃないか。それは遊《あそ》びなんかじゃない。そんな一方的《いっぽうてき》な遊《あそ》びがあるもんか。もうりっぱなイジメだよ！」

周一《しゅういち》……。

ぼくは心底《しんそこ》イライラしていた。まるでぼくが本当《ほんとう》にいじめられているみたいじゃないか。これはただの……。

急《きゅう》になみだが出《で》そうになって、必死《ひっし》にこらえた。

こんなところで泣《な》いたら最悪《さいあく》だぞ。ぜったいダメだ。

それに、なんで泣《な》かなきゃならないのか、自分《じぶん》でもさっぱりわからない。

これは本当《ほんとう》にからかわれているわけじゃない。大我《たいが》たちの「やらせ」だろ？

なのに、なんでこんなに自分《じぶん》がなさけなく感《かん》じるんだろう。

いやちがう。周一《しゅういち》が「イジメ」って断言《だんげん》したことに対《たい》してだ。ぼくはいじめられていたって、決《き》めつけられちゃったことにだ。

ぼくにだってプライドはある。

「うるさいな、山口《やまぐち》。せっかく楽《たの》しんでんのによー」

大我《たいが》がそういいながら、ぼくの背中《せなか》をツンツンおした。合図《あいず》のつもりだろう。いくらなんでも大我《たいが》のいう通《とお》りにはしないぞ。と決心《けっしん》したとき、周一《しゅういち》がまた一歩前《いっぽまえ》に出《で》た。

「田中《たなか》くん。やめないなら、これから先生《せんせい》にいいに行《い》く。いいんだね？」

えっ！

「つげ口《ぐち》かよ。サイテーだな、山口《やまぐち》って」

「マジ、信《しん》じらんねー」

みんなの声《こえ》を無視《むし》して、周一《しゅういち》がドアに向《む》かって歩《ある》きだす。

やめろ、行《い》くな！

ぼくは思《おも》わず立《た》ち上《あ》がっていた。

「ヤマグチ！　もう、ほっといてくれないかな！　そういうセイギのミカタみたいなの、いいめいわくなんだよ！」

自分《じぶん》でも、なんでそんなことをいってしまったのか、わからなかった。大我《たいが》にいわれたからかもしれない。でも、もしかすると、本心《ほんしん》だったのかもしれない。先生《せんせい》につげ口《ぐち》されると、母《かあ》さんや父《とう》さんにも知《し》られちゃうだろう。それだけはやめてほしい。ふたりは、ぼくが学校《がっこう》で楽《たの》しくすごしていると思《おも》っているんだ。

ぼくは、「周一《しゅういち》」じゃなくて、わざと「山口《やまぐち》」ってよんだ。周一《しゅういち》と仲《なか》がいいと思《おも》われたくないからだ。

周一《しゅういち》は足《あし》を止《と》めて、目《め》を大《おお》きく見開《みひら》いてぼくを見《み》ていた。

「キノ……ホントに?」

ぼくは視線《しせん》をそらして、うなずいた。

「そう。わかった」

周一《しゅういち》はすごすごと自分《じぶん》の席《せき》にもどっていった。

「ほらな、セイギのミカタさんよー」

「マジにぶいよな!」

「空気読《くうきよ》めっての！」

みんな口《くち》ぐちにそんなことをいいはじめ、大我《たいが》はうれしそうにぼくの肩《かた》をポンポンたたいた。

たたくなよ、おまえなんか友《とも》だちじゃない！

心《こころ》の中《なか》でそうさけぶと、ぼくはただだまって、ドスンと音《おと》を立《た》ててイスにすわった。

ふり向《む》いたひとみちゃんが、ぼくの目《め》をじっと見《み》つめている。ひとみちゃんの目《め》はなんでも知《し》っている、みたいな感《かん》じでドキッとする。

でも、悪《わる》いことをしたわけじゃない。ぼくの本音《ほんね》だ。本当《ほんとう》にめいわくだったんだから。

「な、なに？」

ぼくは、また耳《みみ》までまっかになっているにちがいなかった。

「べつに。ただ、さ……」

「ただ？」

「キノがそんなにはっきりとモノをいえる人《ひと》だなんて、知《し》らなかった。だったらさ……」

「だったら、なに?」

「ま、いいや。キノの自由《じゆう》だから」

そういうと、ひとみちゃんはくるっと前《まえ》を向《む》いた。

ぼくは、ひとみちゃんがいおうとしていたことを考《かんが》えていた。「だったら、どうして大我《たいが》にはっきりいわなかったの?」って、いいたかったんだろうな。

でも、ぼくは大我《たいが》じゃなくて、本当《ほんとう》に周一《しゅういち》にいいたかったんだよ。

ぼくは周一《しゅういち》の正義感《せいぎかん》にめいわくしていたし、先生《せんせい》につげ口《ぐち》するほどのことじゃなかったんだから。

「キノの自由《じゆう》だから」っていうひとみちゃんの言葉《ことば》が、頭《あたま》の中《なか》でぐるぐるまわっていた。

ぼくは頭《あたま》をぶるんぶるんふって、姿勢《しせい》を正《ただ》した。これでいいんだ。

7 セイギのミカタの仕事《しごと》

とつぜん、大我《たいが》たちはぼくをからかわなくなった。

それどころか、大我《たいが》は朝《あさ》ぼくを見《み》ると、「よっ」って声《こえ》をかけてくるようにさえなった。それ以上《いじょう》の会話《かいわ》には発展《はってん》しないけど、無視《むし》されるわけでも、イジられるわけでもない。

そんなとき、ひとみちゃんはふり向《む》いて、ちらっとぼくを見《み》る。でも、なにもいわない。なにかいいたそうだけど、すぐに前《まえ》を向《む》く。

ぼくも、ひとみちゃんになにかいいたくてモヤモヤしているけど、なにをいっていいかわからない。いいわけみたいになっちゃうのも、いやだ。

大事《だいじ》なことは、ぼくがからかわれなくなったこと。

でも、かわりに周一《しゅういち》がターゲットになってしまった。

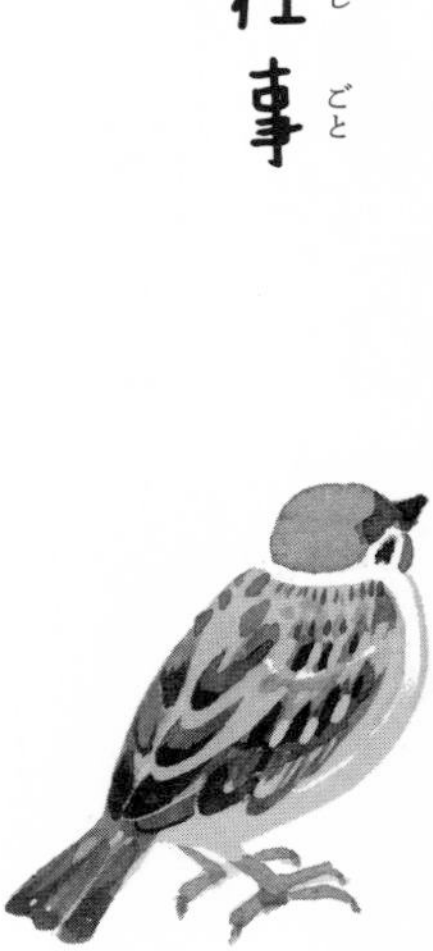

周一《しゅういち》には悪《わる》いけど、ぼくは自分《じぶん》がターゲットからはずされてホッとしていた。それに周一《しゅういち》は頭《あたま》がいいし、赤面症《せきめんしょう》でもないし、きっとだいじょうぶだ。ぼくとはちがう。そもそも、みんなは周一《しゅういち》をからかっているだけだ。イジメじゃない。そうやって自分《じぶん》で自分《じぶん》にいい聞《き》かせて、ぼくはしらんぷりをしている。しらんぷりって、大我《たいが》みたいにだれかをからかうことより、たぶん悪《わる》いと思《おも》う。そんなのわかっているけど、自分《じぶん》を守《まも》るためにはそうするしかないんだ。

みんなは周一《しゅういち》を「セイギのミカタ」とよんで、なにかとたのむようになった。もちろん、だれもやりたくないようなことをおしつけるんだけど。きのうも、教室《きょうしつ》に変《へん》な虫《むし》が入《はい》ってきたとき、みんなはにげながらわざとらしく周一《しゅういち》にたのんだ。

「セイギのミカタ―、やっつけてくれ！」

周一《しゅういち》はうなずいて、虫《むし》をつかまえてにがそうと、やっきになった。ホウキとかでつぶすんだったらすぐだろうけど、両手《りょうて》でそっとつかまえようとするから、かなり時間《じかん》がかかった。

「そんな気持《きも》ち悪《わる》い虫《むし》、さっさと殺《ころ》しちゃえばいいじゃん！」

と、だれかがいったら、周一《しゅういち》は立《た》ち止《ど》まった。

「好《す》きで気持《きも》ち悪《わる》く生《う》まれたわけじゃないよ。それに、あの虫《むし》の仲間《なかま》のあいだでは、美形《びけい》なのかもしれないしね」

なんて、えらくまともな返事《へんじ》をした。

「そんなわけねーよ。さっさと殺《ころ》せよ！」

またダれかがさけぶと、周一《しゅういち》は相手《あいて》をたしなめるようにいった。

「あの虫《むし》だって、一生《いっしょう》けんめい生《い》きてるんだよ。べつにぼくたちに悪《わる》さをしたわけじゃないのに、どうして殺《ころ》さなきゃいけないの？」

正《ただ》しい。周一《しゅういち》のいうことは、ぜったいに正《ただ》しい。

でも、なぜかみんなをイラつかせる。

「うざー」「めんどくせー」「朝《あさ》からお説教《せっきょう》かよ」「まじめー」って、みんなは口《くち》ぐちにいう。でも、最後《さいご》には、話《はなし》はここに落《お》ちつくのだ。

「ま、セイギのミカタなんだから、しかたないか！」

今日《きょう》、いつもより少《すこ》し早《はや》めに登校《とうこう》すると、教室《きょうしつ》の前《まえ》に人《ひと》だかりができていた。

「キャーッ」

「鳥《とり》が死《し》んでる！」

みんなが大《おお》さわぎをしていた。

「オレ見《み》ちゃったんだけどさ、この鳥《とり》、ろうかのあの窓《まど》からすごいいきおいで入《はい》ってきて、教室《きょうしつ》の窓《まど》にぶつかったんだよ。まさかここにも窓《まど》があるとは思《おも》わなかったんだろうな。かわいそうだけど、即死《そくし》だったな」

みんなの足元《あしもと》のすきまからゆかの上《うえ》をのぞくと、小《ちい》さな茶色《ちゃいろ》っぽいかたまりが、おなかを上《うえ》にしてひっくり返《かえ》っていた。

スズメでもツバメでもなさそうな小《ちい》さい鳥《とり》は、もう動《うご》かなかった。

「気絶《きぜつ》してるだけじゃない？」

だれかがそういうと、ほかのだれかがそうじ用具《ようぐ》入れからホウキを持《も》ってきて、ツンツンつついてみた。でも、まったく動《うご》かない。

「やっぱり死《し》んでるよ。もうさっきからずっと、動《うご》かないもん」

「あ、血《ち》が出《で》てるぞ！」

「キャーッ」

「ヤマグチー。おまえセイギのミカタなんだから、なんとかしろよ！」

「そうだよ、なんとかしろ！」

ランドセルを背負《せお》ったままの周一《しゅういち》は、「ちょっと待《ま》って」といって自分《じぶん》の席《せき》まで行《い》くと、ランドセルをおろし、ノートをひっぱりだして数枚《すうまい》やぶき、それを手《て》に近《ちか》よってきた。

みんながさーっと場所《ばしょ》をあける。

周一《しゅういち》はノートの紙《かみ》に鳥《とり》の死《し》がいをくるんで、ひとりでろうかを歩《ある》いていった。

「あいつ、すげえな」

「ヤバくない？　あのうすい紙《かみ》を通《とお》して、死《し》んだ鳥《とり》の感触《かんしょく》とか伝《つた》わってきちゃいそうじゃない？　オレにはできないな」

「オレもムリ」

「気《き》持《も》ちわりー。ホントよくさわれるよな」

「そりゃー、セイギのミカタだもん。あたりまえだろ！」

大我《たいが》のひとことに、みんなは爆笑《ばくしょう》した。

みんながさわいでいるあいだに、ぼくはそっと周一《しゅういち》のあとをつけた。

周一《しゅういち》はうら庭《にわ》に行《い》くと、手《て》で穴《あな》をほろうとしていた。

ぼくは花《か》だんのはしに落《お》ちていた新《あたら》しい立《た》て札《ふだ》を拾《ひろ》って、だまって周一《しゅういち》のそばに投《な》げた。小《ちい》さなスコップ代《が》わりになるだろう。少《すく》なくとも、手《て》でほるよりはマシだと思《おも》う。手伝《てつだ》うべきなんだろうけど、ぼくは無言《むごん》で走《はし》り去《さ》った。

「ありがとう！」という声《こえ》が背後《はいご》で聞《き》こえたけど、ぼくはふり返《かえ》らなかった。

どうしてだろう。ぼくはなにをさけているんだろう。

仲間《なかま》あつかいされることに？

そうだ。周一《しゅういち》といっしょにされちゃこまるからだ。

遠《とお》くからそっと見《み》ると、周一《しゅういち》は穴《あな》に鳥《とり》の死《し》がいをうめて、両手《りょうて》を合《あ》わせた。だれにも見《み》られていないのに、ウソもついていないのに、ぼくの顔《かお》は熱《あつ》くなっていた。朝《あさ》の会《かい》がはじまる前《まえ》に、ぼくはあわてて教室《きょうしつ》にもどった。

朝《あさ》の会《かい》がはじまってすぐに、周一《しゅういち》が教室《きょうしつ》にもどってきて、頭《あたま》を下《さ》げてから席《せき》に着《つ》いた。

「山口《やまぐち》さんがおくれるなんて、めずらしいわね」

と、先生《せんせい》が周一《しゅういち》を見《み》ながらいった。

「なにかあったの？」

「はい……」

周一《しゅういち》はクラスのみんなをちらっと見《み》てから、姿勢《しせい》を正《ただ》し、ろうかと教室《きょうしつ》をへだてている窓《まど》ガラスを指《ゆび》さした。

「その窓《まど》に当《あ》たった鳥《とり》の死《し》がいがあったので、うら庭《にわ》にうめてきました」

先生《せんせい》はおどろいた表情《ひょうじょう》をしてから、ほほえんだ。

「あら、そう。大変《たいへん》だったわね。おつかれさまでした。でも、今度《こんど》からそういうときは、先生《せんせい》にいってね」

「はい。あのう、先生《せんせい》」

周一《しゅういち》は手《て》をまっすぐ上《うえ》にあげていた。

「なんですか、山口《やまぐち》さん?」

「提案《ていあん》があります。こういう事件《じけん》が二度《にど》と起《お》きないように、窓《まど》ガラスにバードセイバーをはりませんか? このあいだテレビで知《し》ったんですけど、けっこう効果《こうか》があるみたいです」

「はあ? なんだ、そのバードセイバーって?」

だれかが反応《はんのう》した。

「鳥《とり》がぶつからないように窓《まど》ガラスにはる、鳥《とり》の形《かたち》をしたシールのことです。そうね、職員会議《しょくいんかいぎ》で相談《そうだん》してみます」

先生《せんせい》がいい終《お》わると、すぐに周一《しゅういち》は「あの」と、また手《て》をあげた。

「売《う》っているシールじゃなくても、みんなで作《つく》って、

それをはるのはどうでしょうか？」

「おー」

どよめきが起《お》きた。

いいこというな、周一《しゅういち》。

「なるほど、そうですね。山口《やまぐち》さん、とてもいい提案《ていあん》です。どうですか、みなさん？」

クラスのほぼ全員《ぜんいん》が、「はーい」と元気《げんき》よく返事《へんじ》をしながら手《て》をあげた。

「では、明日《あした》の学活《がっかつ》の時間《じかん》にやりましょう」

これでみんなが周一《しゅういち》を見直《みなお》して、からかうことはなくなるだろうと、そのときは思《おも》った。

8 人《ひと》助《だす》け

つぎの日《ひ》、学活《がっかつ》の時間《じかん》にみんなでバードセイバーを作《つく》って、窓《まど》ガラスにはった。思《おも》ったよりみんな協力的《きょうりょくてき》だったし、けっこう楽《たの》しそうに和気《わき》あいあいと手《て》を動《うご》かしていた。

ぼくは周一《しゅういち》って本当《ほんとう》にすごいヤツだなと思《おも》った。なんだかんだいって、周一《しゅういち》のアイデアでクラスがまとまったんだから。

これで周一《しゅういち》の立場《たちば》はもう不動《ふどう》のものとなるし、それまでのちょっといやな空《くう》気《き》はなくなるだろうと、信《しん》じていた。

でも、そううまくはいかなかった。

不動《ふどう》のセイギのミカタ感《かん》が気《き》にさわるのか、周一《しゅういち》はそれから毎日《まいにち》のように、

みんなからあれこれ用事《ようじ》をたのまれた。しかも、前《まえ》よりずっとエスカレートしていた。

たよられているだけじゃなくて、むりやりおしつけられているようにも見《み》えた。とくに、だれもやりたくないようなこと。「セイギのミカタなんだから」という、一見《いっけん》まっとうな理由《りゆう》で、みんなは周一《しゅういち》にたのむのだ。

給食《きゅうしょく》の時間《じかん》には、周一《しゅういち》の班《はん》のだれかが、きらいな食《た》べものをおしつけた。しかも、先生《せんせい》に見《み》られないように、こっそりやる。

ガヤガヤしていると、さすがに席《せき》のはなれた周一《しゅういち》の班《はん》の声《こえ》は、ぼくのところまで聞《き》こえない。たぶん、「お願《ねが》い、セイギのミカタ、助《たす》けて!」とかなんとか、いっているのだろう。

おしつけた数人《すうにん》は、両手《りょうて》を合《あ》わせて、しおらしくお願《ねが》いしたあと、ペロッと舌《した》なんか出《だ》しているのが見《み》えた。

周一《しゅういち》は牛乳《ぎゅうにゅう》を二本《にほん》飲《の》まされたり、皿《さら》の上《うえ》にピーマンやグリーンピースをのせられたりしている。

いやだって、いえばいいのに。

正論《せいろん》で勝負《しょうぶ》する周一《しゅういち》らしくないな。

それとも、人助《ひとだす》けのつもりでいるのかな。


ぼくはそういうのを遠目《とおめ》に見《み》ていて、毎日《まいにち》いやな気分《きぶん》だった。かといって、止《と》めに入《はい》ったり、先生《せんせい》につげ口《ぐち》したりする勇気《ゆうき》もないし、それほどおおげさなことでもない。

そういうことが、毎日続《まいにちつづ》いた。イジメじゃないだろうけど、ぼくならいやだと思《おも》う。でも周一《しゅういち》はぜんぜんこまった顔《かお》をしていない。

気《き》になって、ぼくはついつい、周一《しゅういち》をさがしてしまう。教室《きょうしつ》のあちこちで、だれかが周一《しゅういち》になにかたのみごとをしている。

「山口《やまぐち》くん、消《け》しゴムなくしちゃった。かして」

「ヤマグチー、ノートわすれた。一枚《いちまい》ちょうだい」

「山口大先生《やまぐちだいせんせい》、宿題《しゅくだい》置《お》いてきちゃった。写《うつ》させて」

そのたびに、周一《しゅういち》はあちこちに出向《でむ》いては、だれかを助《たす》けていた。助《たす》けられたほうは「ありがとう！」っておおげさにお礼《れい》をいうけど、なんだかわざとらしく聞《き》こえた。

ぼくの胸《むね》が、ちくっとした。

「さっきの消《け》しゴム、返《かえ》してくれるかな？」と周一《しゅういち》が聞《き》けば、「え、さっき机《つくえ》の上《うえ》に置《お》いといたよ」なんて、しらばっくれるヤツもいた。

声《こえ》をかけようかと思《おも》うこともあった。

「いくらなんでも、それはやりすぎじゃない？」って。

でも、ぼくには、そんな勇気《ゆうき》はない。地獄耳《じごくみみ》のように耳《みみ》をすまして、みんなの会話《かいわ》を聞《き》いて、ちらちら周一《しゅういち》を見《み》て、そしてだまっていた。

きのう、ひとみちゃんのとなりの席《せき》の子《こ》が周一《しゅういち》の宿題《しゅくだい》を写《うつ》させてもらおうとしたとき、ノートを差《さ》しだしに来《き》た周一《しゅういち》に、ひとみちゃんがこういった。

「ねえ周一《しゅういち》、それってぜんぜん人助《ひとだす》けじゃないよ。宿題《しゅくだい》って自分《じぶん》のためにやるものでしょ？」

周一《しゅういち》はそのとき、ハッとした表情《ひょうじょう》で、ノートをひっこめた。

「そうだね。ごめん、じゃ……わからないところがあったら、聞《き》いてね」

その子《こ》はふてくされた顔《かお》で周一《しゅういち》にうなずくと、ひとみちゃんを思《おも》いっきりにらみつけた。でも、ひとみちゃんはしらん顔《かお》だった。

すごいよな、ひとみちゃんのマイペースっぷり。

授業中《じゅぎょうちゅう》に指《さ》されてハキハキと答《こた》える周一《しゅういち》を、みんなは大声《おおごえ》でほめたりもした。

「さすが、山口大先生《やまぐちだいせんせい》！」

「天才《てんさい》！」

なんてぐあいに。だから、先生《せんせい》の目《め》にはきっと、クラス中《じゅう》に好《す》かれているリーダーのイメージしかないと思《おも》う。

もしかすると、周一自身《しゅういちじしん》も、気《き》づいていないのかもしれない。

周一《しゅういち》は、たしかに勉強《べんきょう》がよくできる。でも、もっとずるがしこくなってもいいと思《おも》う。あれだけまっすぐすぎると、なんだか本当《ほんとう》に頭《あたま》がいいのかどうか、あやしいなと思《おも》ってしまう。

一方《いっぽう》、ひっそりとまわりにまぎれているぼくは、頭《あたま》はよくないくせに、ずるがしこいと思《おも》う。まきこまれないように遠《とお》くからじっと見《み》るだけで、なにもしないんだから。

ずるがしこいなんて、すごくいやなヤツだ。

ずるがしこいより、バカ正直《しょうじき》なほうがいい。……たぶん。


そんなことが続《つづ》いたある月曜日《げつようび》、周一《しゅういち》が学校《がっこう》を休《やす》んだ。

先生《せんせい》は朝《あさ》の会《かい》でこういった。

「山口《やまぐち》さんは、流行性耳下腺炎《りゅうこうせいじかせんえん》、いわゆる『おたふくカゼ』なので、しばらく学校《がっこう》をお休《やす》みします」

クラス中《じゅう》がおたがいを見合《みあ》った。

「マジ？　このタイミングで？」

「ていうか、おたふくとか水《みず》ぼうそうって、ふつう小《ちい》さいころにやるでしょ？」

「それか予防接種《よぼうせっしゅ》するよね？」

「だよなー」

「登校拒否《とうこうきょひ》？」

ヒソヒソ声《ごえ》が聞《き》こえてきた。まさか……。

「先生《せんせい》！」

大我《たいが》が手《て》をあげた。

「それって本当《ほんとう》ですか？　今《いま》ごろおたふくカゼ？」

先生《せんせい》はうなずいた。

「ええ。そうらしいですよ。めずらしいけれど、大《おお》きくなってからかかる人《ひと》もいますよ。感染症《かんせんしょう》だから、少《すく》なくとも今週《こんしゅう》はずっと来《こ》られないでしょうね」

「ふーん。おたふくカゼか」

大我《たいが》がつぶやくようにいった。

もしかして、少《すこ》し気《き》にしてる？　そんなわけないか。

ぼくも、おたふくカゼというのは言《い》いわけで、学校《がっこう》に来《き》たくなかったんじゃないかという気《き》がしてきた。

やっぱり、ぼくのせいなのかな。ぼくがあのとき、「めいわくだ」なんていったから……。それでセイギのミカタだからってなんでもやらされて、ついにイヤになったのかも……。

「おたふくカゼをもうやったことのある人《ひと》は手《て》をあげて」

先生《せんせい》の質問《しつもん》に、ちらほら手《て》があがった。ぼくもそのひとり。

「このクラスは予防接種《よぼうせっしゅ》している子《こ》も多《おお》かったし、感染《かんせん》の可能性《かのうせい》は少《すく》なそうですね。念《ねん》のため、手《て》あらいやうがいをきちんとしましょう。では今日《きょう》は……」

下校時間《げこうじかん》、ぼくの数《すう》メートル先《さき》に、ひとみちゃんが歩《ある》いていた。追《お》いつきそうになると、わざとゆっくり歩《ある》いたりして、なんとか距離《きょり》をキープする。なんとなく話《はな》しづらいから、そうするしかない。

ボーッと地面《じめん》を見《み》ながら歩《ある》いていたら、ふと目《め》の前《まえ》にひとみちゃんが立《た》ち止《ど》まっていた。

気《き》まずくなって、通《とお》りぬけようかどうしようか、一瞬《いっしゅん》まよった。

でも、やっぱりそれはやめて、ぼくも立《た》ち止《ど》まった。

「ども」

ひとみちゃんはうでを組《く》んで、ぼくを見《み》ていた。

「キノ。あのさ、なんでそういう、びみょうな距離《きょり》で後《うし》ろついてくんの？」

「あ、ごめん。いやー、その」

もっともな質問《しつもん》をされて、返答《へんとう》にこまってしまう。

「べつにあやまることはないけどさ。そんなに近《ちか》くにいるなら、いっそのこと話《はな》しかけてくれればいいじゃん」

「え。だって、話《はな》しかけられるのきらいでしょ？」

「は？」

ひとみちゃんは目《め》を大《おお》きく開《ひら》いた。黒目《くろめ》がほんとに大《おお》きいなあなんて、変《へん》なことに感心《かんしん》してしまう。

「……わたし、そんなこといったっけ？」

「あ、いや、いってないけど。なんというか、その、休《やす》み時間《じかん》とか、本読《ほんよ》んだり宿題《しゅくだい》やったりしていそがしそうだし……」

「ああ、それは図書室《としょしつ》で借《か》りた本《ほん》を早《はや》く読《よ》みたいから。家《いえ》だと弟《おとうと》がうるさくて、なかなか読《よ》めないし、宿題《しゅくだい》もできないんだ。でも歩《ある》きながらじゃ、さすがにムリだから、話《はな》しかけてくれてもべつにいいんだけど？」

「そ、そうなんだ。わかった。じゃ今度《こんど》から……」

ひとみちゃんは歩《ある》きはじめ、ぼくも横《よこ》を歩《ある》く。

大我《たいが》とかに見《み》られたら、からかわれるんじゃないかと思《おも》って、こっそりあたりを見《み》まわす。だけど、大我《たいが》たちは反対方向《はんたいほうこう》だし、同《おな》じクラスの人《ひと》もいない。

ほっとしながらも、自分《じぶん》がなさけなくなる。

なんでいつもこう、人《ひと》の目《め》ばかり気《き》にするんだろう。いいかげんこういうの、やめたいんだけど。どうしたらひとみちゃんみたいに、マイペースでいられるんだろう。

つい、ため息《いき》をついてしまった。

「なんか、キノってため息多《いきおお》いよね」

「え、えっ、そう？」

ヤバい。バレているじゃないか。

「うん。だって後《うし》ろから、よくため息《いき》が聞《き》こえてくるもん」

「あ、ああ、そっか。ごめん」

「キノ、あやまりすぎ。それにあやまる理由《りゆう》ないし」

「あ、ごめん」

「ほらね」

ひとみちゃんがクスクス笑《わら》うから、ぼくも笑《わら》った。

「なんか、ぼく、ため息《いき》とごめんがセットで、くせになってるのかな」

「かもね。そのくせ、ちょっと悲《かな》しいからやめて」

「うん。気《き》をつけます」

また、ひとみちゃんがクスクス笑《わら》った。

いつもはクールな感《かん》じのひとみちゃんが笑《わら》うと、すごくかわいい。

「ね、キノ。周一《しゅういち》のおたふくカゼって、本当《ほんとう》かな」

「うん、ぼくもそれ、思《おも》ったんだ。タイミング的《てき》に……もしかして」

「ま、ウソだったら、ふつうのカゼとかいうだろうし、本当《ほんとう》におたふくカゼなんだと思《おも》うけど。ちょっと気《き》になっただけ」

ぼくはうなずいた。わかってる。

「だよね。どうしたらいいかな」

「キノは、もうおたふくカゼやったんでしょ？」

「うん」

「じゃ、今度《こんど》、周一《しゅういち》の家《いえ》に行《い》ってみれば？」

「あ、そうだね。いっしょに……行《い》く？」

勇気《ゆうき》を出《だ》して聞《き》いてみた。とたんに、顔《かお》がほてってきた。

「悪《わる》いけど、そんな時間《じかん》ないや。それに、キノがひとりで行《い》ったほうが、いいと思《おも》うよ」

「うん……そうだよね。ぼくのせいかもしれないし……。わかった、ひとりで行《い》ってみる。それはそうと、ひとみちゃんって毎日《まいにち》いそがしそうだけど、塾《じゅく》でも行《い》ってるの？」

ひとみちゃんは、ムッとした表情《ひょうじょう》でぼくをじっと見《み》た。

わ、顔《かお》がどんどん熱《あつ》くなる。最近《さいきん》はひとみちゃんに見《み》られても、赤《あか》くならずにすんでいたのに。

「行《い》くわけないじゃん。そんなのんきなことしてる場合《ばあい》じゃないんだよ、今《いま》うちはさ」

えっ？

「どうしたの？」

「いい。説明《せつめい》すると、長《なが》くなるから」

ひとみちゃんは、くちびるをぎゅっとかんで、下《した》を向《む》いてしまった。

9　おたふく

三日後《みっかご》、先生《せんせい》からあずかったプリント数枚《すうまい》を持《も》って、周一《しゅういち》の家《いえ》をたずねることにした。

学校《がっこう》から家《いえ》に帰《かえ》る曲《ま》がり角《かど》をそのまままっすぐ行《い》き、小《ちい》さな橋《はし》をわたると、一軒家《いっけんや》がならぶ住宅街《じゅうたくがい》になる。なんども来《き》たことのある図書館《としょかん》の近《ちか》くだし、先生《せんせい》がかいてくれた地図《ちず》がわかりやすかったこともあって、まよわず着《つ》いた。

近所《きんじょ》の子《こ》どもが、そこらじゅうギャーギャーさけびまわっているうちの団地《だんち》とはちがって、すごく静《しず》かだ。

山口《やまぐち》と書《か》いてある表札《ひょうさつ》の横《よこ》のインターホンをおす。人《ひと》の家《いえ》のインターホンをおすのははじめてだから、ちょっとキンチョーした。

「はい」

「あ、こんにちは。あのー、周一《しゅういち》くんと同《おな》じクラスの木下《きのした》です」

「あら！　まあ、せっかく来《き》てくれたから、あがってほしいんだけど、おたふくカゼをうつすといけないし……」

「でもぼく、おたふくカゼはもうやったんで」

「そう。それじゃいいかしら……あ、でも念《ねん》のために、そのまま外《そと》から話《はな》してもらおうかしら。それでもいい？」

「あー、はい」

なんだかさけられているような感《かん》じもするけど。おばさんの気《き》づかいだろうから、気《き》にしすぎか。

きょろきょろしていると、二階《にかい》の窓《まど》がスッと開《あ》いて、周一《しゅういち》が顔《かお》を出《だ》した。

ほっぺたがちょっとふくらんでいるみたい。

「あ、キノ！　ちょっと待《ま》ってて。ここだと遠《とお》くて話《はな》しにくいから、一階《いっかい》のリビングの窓《まど》に移動《いどう》するよ」

周一《しゅういち》はすぐに窓《まど》をぴしゃりとしめた。

一階《いっかい》のリビングの窓《まど》って、玄関《げんかん》の横《よこ》のあの大《おお》きな窓《まど》のことかな。

やっぱりこのあいだのこと、あやまったほうがいいよね……。

一階《いっかい》の大《おお》きな窓《まど》がガラッと開《あ》いて、周一《しゅういち》が顔《かお》を出《だ》した。顔《かお》が丸《まる》くなった周一《しゅういち》は、まるでちがう人《ひと》みたいで、思《おも》わず笑《わら》いそうになるのを、ぐっとこらえた。

「来《き》てくれたんだ！」

周一《しゅういち》は、すごく意外《いがい》そうな顔《かお》つき。

そりゃそうだよね。ぼくに「いいめいわくなんだよ」なんていわれて、その日《ひ》から、みんなにいやがらせをされて……。

こうやっておしかけちゃったのは、周一《しゅういち》にとってめいわくだったかな。

「うん。プリント、あとで郵便受《ゆうびんう》けに入《い》れとくね……あのさ」

あやまろうと思《おも》ったけど、言葉《ことば》がうまく出《で》てこなかった。

「……ぼくはもうおたふくカゼやったから、もっと近《ちか》づいてもだいじょうぶなんだけど。念《ねん》のために外《そと》から話《はな》してってお母《かあ》さんがいってたよ。なんていうか、その、まあプリントをとどけに来《き》ただけなんだけど」

なにいってんだろ、ぼく。

これじゃ、なにをしに来《き》たのかわからない。

「ありがとう。ごらんの通《とお》り、顔《かお》がパンパンだよ。熱《ねつ》はもうひいたんだけど、お医者《いしゃ》さんには、来週《らいしゅう》の火曜日《かようび》までは登校禁止《とうこうきんし》っていわれているから、まだとうぶん行《い》けないんだ」

「そっか。意外《いがい》と元気《げんき》そうでよかった」

「ありがとう。たいしたことなくてすんだみたい」

「あのさ、学校《がっこう》で……」

ちゃんといおうと思《おも》っていたのに。急《きゅう》に顔《かお》が熱《あつ》くなってきた。

「あ、そういえば、ぼくが鳥《とり》の死《し》がいをうめたとき、花《か》だんの札《ふだ》を持《も》ってきてくれてありがとう。助《たす》かったよ。手《て》でほるなんて、無謀《むぼう》だったよね」

周一《しゅういち》はニッコリ笑《わら》おうとしたけど、パンパンの顔《かお》だから、うまく笑《わら》えないみたいだった。ぼくはうっかり笑《わら》ってしまった。

「ヘンテコな顔《かお》でしょ」

「あ、ごめん。笑《わら》ったりして。いや、じつは」

「なに？」

そう聞《き》かれると、ますますいいにくいじゃないか。

ぼくはちょっと深呼吸《しんこきゅう》をして、自分《じぶん》のスニーカーの先《さき》っぽを見《み》ながらいった。

「こ、こないださ。……ごめん、めいわくだとかいっちゃって」

「ああ」

そのあと、ちょっと間《ま》があった。

ぼくはあせって、視線《しせん》を上《あ》げる。

「そのことか」

周一《しゅういち》が、少《すこ》し顔《かお》をゆがめた。

「ごめん。助《たす》けてくれようとしたのに、あんなことといって。でもさ……」

「いいよ、気《き》にしてないから。というより、めいわくになるなんて、思《おも》わなかったんだ。ぼくは、どうしても止《と》めたかっただけ」

「うん」

「でも、もし、またひどいことになったら、めいわくかもしれないけど、だまっていられないかも」

え？

拍子《ひょうし》ぬけした。

なんだろう。なんかこう、やっぱり感覚《かんかく》がずれてる気《き》がする。

「それもわかるけど、なんていうのかな。周一《しゅういち》のそういうの、結局《けっきょく》は……」

いってもいいものかどうか、ちょっとまよってしまう。

「結局《けっきょく》は？　いいよ、はっきりいってくれたほうがいいから」

「あのー、ジコ……」

「自己中心的《じこちゅうしんてき》？」

ぼくは首《くび》を左右《さゆう》に小《ちい》さくふる。

「じゃなくて。なんていうか自己満足《じこまんぞく》みたいな感《かん》じなんじゃないのかなって」

「え、自己満足《じこまんぞく》？」

いわなきゃよかったかもって考《かんが》えてたら、周一《しゅういち》が、こっくりうなずいた。

「うん。もしかすると、それに近《ちか》いかもしれない。でもね、みんながちょっと人《ひと》をからかったり、いじめたりすることに鈍感《どんかん》になって、どんどんエスカレートしていくの、すごくいやなんだ」

ぼくは、ほんの少《すこ》しうなずく。

気持《きも》ちはわかるよ。ぼくだって、そんなのはいやだ。でもさ――。

「だから、まだ大《おお》きくならないうちに、そういう悪《わる》い芽《め》はつんでおきたい。大《おお》きくなっちゃってからだと、もうどうしようもなくなるでしょ？」

頭《あたま》の中《なか》にぐるぐるまわっている、いろいろな考《かんが》えを整理《せいり》しようとしたけど、よけいこんがらがっていくみたいだった。

「そうかもしれないけど……」

しばらく考《かんが》えてから、やっといった。

「それって、先生《せんせい》にいわれたかなんかなの？」

「ちがうよ。そんなの関係《かんけい》ない。ぼくがいやなだけ」

「……」

「まちがってるのかな?」

まちがっているわけじゃないと思《おも》う。でも、なんか変《へん》だ。

その場《ば》の空気《くうき》とか。かばった相手《あいて》の立場《たちば》とか。そういうのは、気《き》にしないのかな、周一《しゅういち》は。

「まちがってはいないと思《おも》うけど」

「でしょ?」

そうきっぱりいわれてもな。

「うーん。でも、周一《しゅういち》のセイギのミカタみたいな態度《たいど》はさ、かばわれた本人《ほんにん》にとっては、ちょっと重《おも》かったりする」

「あ、そっか。だったらホントにごめん」

すなおにあやまられて、ぼくはなんだか自分《じぶん》がいじわるなヤツみたいに思《おも》えてきた。

「わかってくれたんなら、いいんだ」

「うん。でも、いったことは後悔《こうかい》していないよ」

周一《しゅういち》の自信満《じしんまん》まんの顔《かお》つきに、イラッときた。

「それじゃ、あやまってくれても意味《いみ》ないじゃん。ああやってでしゃばられると、コトが大《おお》きくなっちゃうんだよ。ただのちょっとしたからかいっていうか、イジリ程度《ていど》だったのに、なんだかまるで本当《ほんとう》にいじめられてるみたいに聞《き》こえちゃってさ。それって、ぼくにとってはかえってめいわくで、本当《ほんとう》にめいわくで……」

「キノ」

急《きゅう》に周一《しゅういち》が、やけにまじめな声《こえ》を出《だ》した。

「え」

「それもわかるよ。でもさ、それじゃなにも変《か》わらないでしょう？」

「えっ？」

「キノはからかわれても平気《へいき》だとしても、からかわれたらすごくショックな子《こ》もいるかもしれないでしょう？　そういう空気《くうき》っていうか、流《なが》れっていうか、ぼくは変《か》えたいんだ」

「じゃ、またセイギのミカタをやるってこと？」

「うん。おせっかいかもしれないけど、またああいうことがあったら、ぼくはやっぱり止《と》めに入《はい》りたい」

返《かえ》す言葉《ことば》がなかった。

ぼくはしばらくだまって考《かんが》えてから、聞《き》いた。

「なんでそこまでしたいわけ？」

「わかんない。少《すこ》しでも、悪《わる》いことはなくしたいって思《おも》ってるのかも。なにも変《か》わらないかもしれないけど、なにもしないよりはいいかなって」

「……」

「キノのいうように、ただの自己満足《じこまんぞく》なのかもしれないけど」

ぼくには、周一《しゅういち》のいうことが信《しん》じられなかった。

あんなにいやな空気《くうき》になっていたのに、まだやるのか。

「あのさ、いわせてもらうけど、今度《こんど》は周一《しゅういち》がいやがらせされてたじゃん。もしかして、気《き》がついてない？」

「あ、うん、正直《しょうじき》、最初《さいしょ》はわからなかったよ。でも、あんまりたのまれごとがふえたから、ちょっとおかしいなって思《おも》ったけど」

「じゃ、なんで、いやだってことわらなかったの？　人《ひと》の給食《きゅうしょく》まで食《た》べさせられてたでしょ？」

「だって、こまってたみたいだから」

ぼくは、ふうと小《ちい》さくため息《いき》をついた。

「もしかして、本当《ほんとう》にセイギのミカタかスーパーヒーローのつもり？」

周一《しゅういち》はクスッと笑《わら》った。

「正義《せいぎ》は好《す》きだよ」

「なにいってんの？　あんなのわざとに決《き》まってるし、好《す》ききらいの手助《てだす》けをするなんて、おかしくない？」

「だって、牛乳《ぎゅうにゅう》飲《の》むと気持《きも》ち悪《わる》くなるっていってたから」

「グリーンピースは？」

「え、それは」

「ただの好《す》ききらいじゃん」

「そっか。そうだね。つぎにたのまれたら、ちゃんとことわるよ。まあ、どっちにしてもたいしたことじゃなかったし。ぼく、牛乳《ぎゅうにゅう》もグリーンピースも好《す》きだしね」

「ささいなことからイジメがはじまるっていったの、周一《しゅういち》だろ？」

ぼくは冷《つめ》たい目《め》で、周一《しゅういち》を見《み》る。

「……そうだね。わかった」

「本当《ほんとう》にわかったのかな。なんでこうなったと思《おも》う？」

ぼくは、もうはっきりと伝《つた》えることにした。

「周一《しゅういち》が、セイギのミカタをやりすぎるからなんだよ。いいめいわくなんだ。セイギのミカタなんか、やめちゃえばいい。そしたらみんな丸《まる》くおさまるんだよ。周一《しゅういち》へのいやがらせも終《お》わるだろうし」

ところが周一《しゅういち》は、にっこり笑《わら》ってピッと姿勢《しせい》を正《ただ》した。

ああ、いつもの……。

「だいじょうぶ。ぼくはいやがらせなんかにめげないから！」

ぼくはもう一度《いちど》、大《おお》きなため息《いき》をついた。

なんだか話《はなし》がちっとも進《すす》まなくて、もうため息《いき》しか出《で》ない。

なにをいってもムダだと思《おも》った。

「……がんこだな」

「うん。知《し》ってる」

しばらく沈黙《ちんもく》が続《つづ》いた。

それからぼくはプリントをすぐ横《よこ》の郵便受《ゆうびんう》けにつっこむと、ぼそっといった。

「とにかく、ぼくのことはもう、ほっといてほしい」

「うん……」

「じゃ帰《かえ》るね」

「あ、来《き》てくれてありがとう」

ぼくは周一《しゅういち》の顔《かお》を見《み》ずに、きびすを返《かえ》して家《いえ》に向《む》かった。

10 周《しゅう》一《いち》が来《き》た

つぎの週《しゅう》の水曜日《すいようび》、ひさしぶりに周一《しゅういち》が学校《がっこう》に来《き》た。

「おはよう！」

教室《きょうしつ》に入《はい》ってくるなり大《おお》きな声《こえ》であいさつをして、黒板《こくばん》の前《まえ》を通《とお》るとき、ぼくのほうを見《み》て手《て》をあげた。ぼくはちょっとだけ手《て》をあげて、すぐにひっこめた。それから周一《しゅういち》は、窓《まど》ぎわのいちばん後《うし》ろの席《せき》にずんずん歩《ある》いていった。

そのどうどうたる態度《たいど》を見《み》ていて、ぼくは首《くび》をすくめた。

いったいどこからくるんだろう、あの自信《じしん》は！

みんなはだまって周一《しゅういち》を見《み》つめた。

昼休《ひるやす》みに、さっそく大我《たいが》が話《はな》しかけてきた。

「なあ、キノ」

やけに親《した》しげだ。いやな予感《よかん》。

「あいつ、セイギのミカタやるの、やめたと思《おも》う？」

「知《し》らない」

ぼくは、ぼそっと答《こた》えた。

「ずいぶん学校《がっこう》に来《こ》なかったくせに、やたら元気《げんき》じゃね、あいつ」

「おたふくカゼが治《なお》ったからね」

「マジでおたふくカゼだったのかな」

「うん。プリントをとどけに行《い》って、パンパンにはれた顔《かお》を見《み》たから、まちがいない」

「なんだ……そっか。ちょっとヤバかったかなって思《おも》ったけど」

もしかして、心配《しんぱい》してたんだ？

大我《たいが》は首《くび》をまわして周一《しゅういち》のほうを見《み》ていた。

「じゃあさ、あいつやっぱりこれからも、セイギのミカタやるのかな」

「さあね。きょうみない」

「ちょっと試《ため》してみよーぜ。オレがまた、おまえをからかうから」

ぼくはあきれて大我《たいが》を見上《みあ》げた。

「なんのために？」

「だからさ、あいつがおまえを助《たす》けに来《く》るのかどうかってこと。人助《ひとだす》けをやめたセイギのミカタなんて、ヒーロー失格《しっかく》だろ？」

大我《たいが》は笑《わら》いながら、ぼくの背中《せなか》をポンポンたたいた。心《こころ》から楽《たの》しんでいるみたいだ。

「やっぱさー、セイギのミカタは、最後《さいご》までセイギのミカタじゃないとなあ。雨《あめ》でもあらしでもめげずにさ！」

いったいなに考《かんが》えているんだろう、大我《たいが》って。

「きらいだったんじゃないの、セイギのミカタ」

「大《だい》きらいだよ。うざいし、空気読《くうきよ》まないし、マジめんどくせー。けどさ、とちゅうでにげるってのも気《き》に入《い》らねーよ。来《き》たらやっつけるし、来《こ》なかったらやっぱりムカつくからやっつける」

思《おも》わずプッとふきだしそうになった。本当《ほんとう》に変《へん》なヤツだ。

「とにかく、もう来《こ》ないと思《おも》うよ。ぼく、周一《しゅういち》の家《いえ》まで行《い》って、ハッキリ宣言《せんげん》してきたから。少《すく》なくとも、ぼくのことはもうほっといてくれるはずだよ」

「ふーん」

大我《たいが》はちらっと周一《しゅういち》のほうを見《み》てから、顔《かお》を近《ちか》づけてきた。

「でもさ、あいつのことだから、そうはいってもでしゃばるだろ。ようするに、あいつはただひたってんだよ、ヒーロー気分《きぶん》にさ。おまえの気持《きも》ちなんかどうでもいいわけ。頭《あたま》はいいけど、バカなんだよ」

「……」

「なあ、かけよーぜ。オレは、あいつはぜったいにこりずにセイギのミカタをやるって、かける。キノは？」

「えっ。まさか」

いい返《かえ》そうかとも思《おも》ったけど、一瞬《いっしゅん》、頭《あたま》のすみを、好奇心《こうきしん》がよぎった。

周一《しゅういち》は、本当《ほんとう》に正義《せいぎ》をつらぬくんだろうか？

このクラスの空気《くうき》を見《み》ても？

完全《かんぜん》に浮《う》いてるのに？

「だいじょうぶ。ぼくはいやがらせなんかにめげないから！」というあのときの言葉《ことば》は、本当《ほんとう》なのかな。

ぼくが返事《へんじ》もしないで考《かんが》えていると、大我《たいが》が、

「よし、キノはやらないほうな。じゃ、負《ま》けたほうが消《け》しゴムひとつ差《さ》しだすこと。おい、おおげさにやるから、ちゃんと演技《えんぎ》しろよ。じゃないと、セイギのミカタ、スーパーヒーローさんが来《こ》ないかもしれないからな」

とぼくにこっそりいってから、急《きゅう》にさけんだ。

「やべー、キノ！　朝《あさ》っぱらから顔赤《かおあか》くね？　おたふくカゼうつされちゃった

んじゃねー？」

反論《はんろん》する間《ま》もなかった。

「おたふくか？」「トマトマンに変身《へんしん》か？」

「やばい、トマトマンがおたふくかあ？」

大我組《たいがぐみ》が手拍子《てびょうし》をはじめ、みんながクスクス笑《わら》いながらこっちを見《み》る。

こいつら、演技《えんぎ》とはいえ、やけに楽《たの》しそうにやるな。

「いけっ、トマトマーン！」

「完熟《かんじゅく》トマトマーン」

「おたふくトマトマーン！」

やたらにはしゃいでいるところを見《み》ると、もう演技《えんぎ》じゃなくて、本気《ほんき》でからかってるんだろう。

なにがそんなに楽《たの》しいのかな、こいつら！

あきれているのに、やっぱりぼくの顔《かお》はほてっていく。

はずかしいんじゃない。くやしいんでもない。でも顔《かお》はかってにもえるように熱《あつ》くなっていく。

「周一《しゅういち》、よけいなおせっかいするなよ」という願《ねが》いと、「セイギのミカタらしくふるまってくれ」っていう願《ねが》いがごっちゃになって、ぼくはふくざつな気分《きぶん》だった。

そのとき——。

「きみたち！」

ああ、来《き》ちゃったよ、やっぱり。

がんこだなー、こいつ。クラスの空気《くうき》をちっとも読《よ》んでない。あれほどみんなからいいように使《つか》われたのに、まだこりていないのか。助《たす》けてもらうのはめいわくだって、ぼくがハッキリいったのに、まだやるのか。

おみまいに行《い》ったときの「だいじょうぶ。ぼくはいやがらせなんかにめげないから！」っていうのは、ほんとにほんとに、周一《しゅういち》の本心《ほんしん》だったんだな。

ぼくは大《おお》きくため息《いき》をついた。

大我《たいが》はぼくをちらっと見《み》て、ニヤッとした。大我《たいが》のいった通《とお》りだった。ほんとにバカだよ。周一《しゅういち》は大《おお》バカだ。

それから、ぼくはなんだか笑《わら》いだしたい気分《きぶん》になってきた。周一《しゅういち》にはあきれるけど、なんだか、ほこらしい気持《きも》ちにさえなってきた。

すごいね、周一《しゅういち》。

帰《かえ》ってきたよ、セイギのミカタ。

ヒーローは健在《けんざい》だ。

「キノをからかうの、やめなよ！」

スタスタ歩《ある》いてきた周一《しゅういち》が、立《た》ち止《ど》まってピッと胸《むね》をはっていった。

「うおっ！　やっぱり、でしゃばりやがったな、うざいセイギのミカタめっ！

このタイガー様《さま》が成敗《せいばい》してやる！」

大我《たいが》がふざけた調子《ちょうし》でそういっても、周一《しゅういち》はまじめな顔《かお》つきのままだ。

「もう、いいかげんにしなよ」

周一《しゅういち》は、大我《たいが》をたしなめるようにいった。今度《こんど》は大我《たいが》もふざけた調子《ちょうし》をやめて、あきれた顔《かお》をした。

「まーったくノリの悪《わる》いヤツだ。マジでにぶいよな。キノにもいわれただろ、ほっといてくれってさ。おまえさ、ただ目立《めだ》ちたいからセイギのミカタやってんじゃね？」

反論《はんろん》するかと思《おも》ったら、周一《しゅういち》は、なぜかうなずいた。

「そうかもしれないし、自己満足《じこまんぞく》なのかもしれない。それでもいいんだ。だまっているわけにはいかないから」

今日《きょう》の周一《しゅういち》は、前《まえ》よりさらにきっぱりとしている。いつもなら加勢《かせい》するはずの大我組《たいがぐみ》のメンバーも、だまってふたりをかわるがわる見《み》ているだけだ。

「なにカッコつけてんだよ。だいたいおまえ、空気読《くうきよ》めよ、空気《くうき》を。おまえがセイギのミカタをやればやるほど、キノはこまるし、みんなもめいわく……」

「いいじゃん、べつに！」

ぼくは立《た》ち上《あ》がってさけんでいた。

みんなの視線《しせん》がぼくに集《あつ》まった。

顔《かお》はますますほてっていく。

でも、そんなことはどうでもいい！

急《きゅう》に、胸《むね》のおくにずーっとたまっていたものが、爆発《ばくはつ》しそうになってきた。

ふん火《か》だ。ふん火《か》！

「タイガ」

「な、なんだよ」

大我《たいが》が、ぎょっとした目《め》つきで、ぼくを見《み》た。

「いいじゃん、セイギのミカタ。カッコいいよ。だれだってそうなりたいけど、勇気《ゆうき》がないんだよ。それに、空気《くうき》なんか読《よ》まなくていいよ。っていうか、そもそも目立《めだ》ちたいの、そっちでしょ。人気者《にんきもの》になるために、人《ひと》をからかって笑《わら》わそうなんて、ねらいがセコイよ。だいたいさ」

そこまで一気《いっき》にまくしたてると、のどがカラカラだった。心臓《しんぞう》がドクドクして、顔《かお》が熱《あつ》い。けど、ツバを飲《の》みこんで、話《はなし》を続《つづ》ける。

「だいたい、どうでもいいじゃん。ぼくの顔《かお》が赤《あか》でも青《あお》でも黄色《きいろ》でも、病気《びょうき》じゃないんだから、いいんだよ。さわぐほどのことじゃないよ。それに幼稚園《ようちえん》児《じ》じゃあるまいし、トマトマンごっこって、なに？　いくらなんでも、もう聞《き》きあきて、みんなも笑《わら》えないと思《おも》うよ！」

生《う》まれてはじめて、人前《ひとまえ》でいいたいことをいった。

すっきりすると同時《どうじ》に、やっぱりいわなきゃよかったって気《き》がしてきた。

ああ、もう、クラスの中《なか》で居場所《いばしょ》がなくなるかも……。

シーンとしていた教室《きょうしつ》に、急《きゅう》に声《こえ》がひびいた。

「キノに賛成《さんせい》！」

あ、ひとみちゃんだ。

「ぼくも賛成《さんせい》！」

周一《しゅういち》がまっすぐ上《うえ》に手《て》をあげていた。

シーン。

みんなは、ぽかんとした表情《ひょうじょう》で、ぼくやひとみちゃん、周一《しゅういち》の顔《かお》をかわりばんこに見《み》ている。

「ちっ。おまえもセイギのミカタかよ！」

大我《たいが》が顔《かお》をしかめたとき、ぼくは場《ば》を和《やわ》らげようと思《おも》って、すかさずいった。

「……タイガもやる？」

ついでに、大我《たいが》がいつもぼくにやるみたいに、大我《たいが》の肩《かた》を軽《かる》くたたいてみた。

かなり勇気《ゆうき》はいったけど、もうここまでいったら、開《ひら》き直《なお》りパワー全開《ぜんかい》だ。

大我《たいが》は、信《しん》じられないという目《め》つきで、ぼくを見《み》た。

「じょーだんじゃねーよ！　オレは世界最強《せかいさいきょう》の悪役《あくやく》レスラー、タイガー様《さま》だぞ。セイギのミカタなんか、やるわけねーだろ。おまえら、三人《さんにん》まとめて相手《あいて》してやる！」

みんなが爆笑《ばくしょう》すると、先生《せんせい》が教室《きょうしつ》に入《はい》ってきた。

「はい、はじめます。すわってくださーい」

みんながあわてて席《せき》についた。

ぼくはななめ後《うし》ろをふり向《む》いて、丸《まる》くなった小《ちい》さい消《け》しゴムを投《な》げた。大我《たいが》はそれをキャッチすると、「ひでえ消《け》しゴムだな。これが賞品《しょうひん》かよ」ともんくをいってきて、ぼくは笑《わら》った。

ふと、その先《さき》の窓《まど》ぎわの席《せき》で、周一《しゅういち》がこっちを見《み》てV《ブイ》サインを送《おく》っているのが見《み》えた。

やめろよ。はずかしい。

でもぼくは、V《ブイ》サインを返《かえ》した。

まだ、みんながちらちらとこっちを見《み》ているみたい。ぼくの顔《かお》はさっきからずっとほてりっぱなし。でも、もういいや。そんなことはどうでもいい。

「たいした問題《もんだい》じゃない」

そうつぶやいてみると、ほてっていた顔《かお》から、すうっと熱《ねつ》がひいていくのを感《かん》じた。

11　ちょっとだけセイギのミカタ

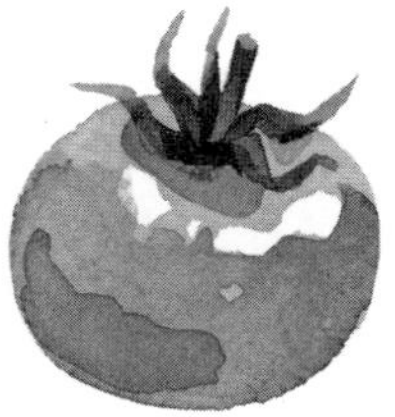

帰《かえ》り道《みち》、ぼくと周一《しゅういち》、ひとみちゃんはならんで歩《ある》いた。だれがいうでもなく、自然《しぜん》とそうなっていた。

「さっきはごめん。ほっといてくれっていわれてたのに、つい、いいたくなっちゃって。でも、キノがあんなに田中《たなか》くんにハッキリいうなんて、びっくりしたよ！」

周一《しゅういち》がうれしそうにいった。

「うん、わたしもびっくりした」

「いや、周一《しゅういち》の登場《とうじょう》はめいわくでもあったんだけどさ」

と、ぼくは本音《ほんね》をいう。

「……でも、セイギのミカタがこの世《よ》から消《き》えたら、さびしいから」

ひとみちゃんが笑《わら》ってぼくの肩《かた》をたたいた。

「おもしろいこというね。それにしてもキノ、すごい勇気《ゆうき》だった！　あの大我《たいが》がたじたじだったもんね」

「うん、ほんとはいつもいいたいこと、いっぱいあるんだよ。ただ視線《しせん》を感《かん》じると、まっかになっていえなくなってたからさ」

「どういう風《かぜ》のふきまわし？」

「えーっと、開《ひら》き直《なお》りかな。ひとみちゃん、いってたでしょ。たいしたことじゃない、って。それ本当《ほんとう》だなって思《おも》ったから。それに大我《たいが》って、思《おも》ってたよりこわくないみたい。ただの悪《わる》ガキっていうか。そう思《おも》ったから、いいたいことをちゃんといえたのかも」

ひとみちゃんは、クスクス笑《わら》いながらうなずく。

「キノ、セイギのミカタ2《ツー》だったよ！」

ぼくは首《くび》をぶるんぶるん左右《さゆう》にふる。

「やだなあ。そんなすごいものじゃないよ。ただ、なんかもう、おなかの中《なか》にたまっていたマグマが、ついにふん火《か》したって感《かん》じ。今《いま》いうしかない！　みたいな。ぼくさ、熟《う》れすぎてくさってるトマト色《いろ》してたでしょ」

ふたりはゲラゲラ笑《わら》った。

「ひとみちゃんも周一《しゅういち》も、ありがとね。賛成《さんせい》っていってくれて」

最初《さいしょ》に声《こえ》を上《あ》げてくれた、ひとみちゃん。そんなことをいえば、ぼくといっしょに浮《う》いちゃうのわかってたはずなのに、いってくれた。

「べつにお礼《れい》をいわれることじゃないよ。あれ、わたしの本心《ほんしん》だから。セイギのミカタとかいうりっぱなもんじゃないけど、自分《じぶん》に正直《しょうじき》なだけ」

「自分《じぶん》に正直《しょうじき》？」

「うん。わたしさ、きらいなんだ。本心《ほんしん》とちがうのに、まわりを気《き》にして、いっしょになってうなずいたり、笑《わら》ったり、おこったり、人《ひと》をからかったりするの」

「ああ、空気読《くうきよ》むってやつでしょ。ぼくもきらいだ」

周一《しゅういち》もこきざみにうなずいた。

「でしょ？　もし自分《じぶん》の気持《きも》ちに正直《しょうじき》でいると仲間《なかま》はずれにされるなら、べつにひとりでいい。それが今《いま》までに学《まな》んだことなんだ。わたし、お母《かあ》さんの仕事《しごと》の都合《つごう》で二回《にかい》も転校《てんこう》したからさ」

やっぱり、ひとみちゃんは強《つよ》い。

ぼくはそんなふうになれないと思《おも》う。

「そっか……ひとみちゃんって、強《つよ》いね」

「強《つよ》くないよ」

ひとみちゃんは立《た》ち止《ど》まって、ぼくを見《み》た。

ぼくも立《た》ち止《ど》まる。

周一《しゅういち》は数歩《すうほ》行《い》きすぎて、あわててもどってきた。

「わたし、周一《しゅういち》みたいには強《つよ》くないよ。だから、まちがったことをしてると思《おも》うクラスメイトに、やめなよっていえない。ただ、いっ

しょになってからかったりはしないってだけ」

「そうなんだ。でも、流《なが》されないだけ、すごい。ぼくなんか、流《なが》されっぱなしだったからさ。ひとみちゃんや周一《しゅういち》がマイペースだから、びっくりしちゃった」

「え、ぼくってマイペース？」

ぼくとひとみちゃんは、周一《しゅういち》に向《む》かってうなずいた。

「うん。周一《しゅういち》はマイペースだし、すごく強《つよ》い。わたし、そこまではできないんだ。だけど、ムリして合《あ》わせるのもいや。だから、ひとりでいるんだよ。それに、周一《しゅういち》みたいに完全《かんぜん》に空気《くうき》を無視《むし》して浮《う》いちゃうのも、やっぱりちょっとね。わたしはセイギのミカタにはなれないよ」

周一《しゅういち》は首《くび》をすくめた。

「べつに完全《かんぜん》に空気《くうき》を無視《むし》してるわけじゃないんだけど」

「ウソでしょ。周一《しゅういち》ってさ、もしかして、空気《くうき》を読《よ》まないんじゃなくて、読《よ》め

ないの？　それとも、勇気出《ゆうきだ》して空気《くうき》をぶちこわしてんの？」

ひとみちゃんにツッコミを入《い》れられて、周一《しゅういち》は首《くび》をかしげた。

「えー、どっちかな。両方《りょうほう》かも」

ひとみちゃんは、周一《しゅういち》を見《み》ながら笑《わら》った。

「まったくもう。バカ正直《しょうじき》っていうか、ほんと勇気《ゆうき》あるっていうか……」

ぼくはつけ加《くわ》える。

「セイギのミカタだよ。やっぱり」

「ふふ、だよね。わたしもそう思《おも》う」

ぼくたちは三人《さんにん》でしばらく笑《わら》った。

曲《ま》がり角《かど》が見《み》えてきたとき、ぼくは歩《ある》くスピードを少《すこ》しゆるめて、ひとみちゃんに聞《き》くことにした。ずっと気《き》になっていたこと。

「ね、ひとみちゃん、だいじょうぶ？　なんか、家《いえ》のこと大変《たいへん》だって……」

「ああ……」

ひとみちゃんは、ちょっと視線《しせん》を落《お》とした。

「まあ、あんまりだいじょうぶじゃないけど……」

「よかったら、話《はな》してみてよ。ただの聞《き》き役《やく》にしかなれないけど」

このひとことをいうのに、けっこうな勇気《ゆうき》がいった。

でも、今日《きょう》のぼくは、なにしろ開《ひら》き直《なお》っている。

しばらくだまっていたひとみちゃんが、小《ちい》さくため息《いき》をついた。

「でもさ、話《はな》したところで、なにも解決《かいけつ》しないようなことなんだよね」

「そうなんだ……。でも、話《はな》すと少《すこ》し気分《きぶん》が楽《らく》になるってことはない？　まあ、相手《あいて》がぼくじゃ、たよりないだろうけど」

ひとみちゃんはぼくをちらっと見《み》た。

「あ、なんの役《やく》にも立《た》てないと思《おも》うけど、聞《き》くだけでいいなら、ぼくもよろこんで！」

数歩先《すうほさき》を歩《ある》いていた周一《しゅういち》が、ふり返《かえ》って後《うし》ろ向《む》きに歩《ある》きながらいった。

「うん……じつはね、お母《かあ》さんが入院《にゅういん》してたんだ。もう退院《たいいん》したけど、まだあんまり調子《ちょうし》よくなくて……」

「えーっ！」

そんな大変《たいへん》なことだったとは、想像《そうぞう》していなかった。

「うち、お父《とう》さんいないから、おばあちゃんが田舎《いなか》から来《き》て手伝《てつだ》ってくれていたんだ。けど、おじいちゃんも腰《こし》が悪《わる》いから、お母《かあ》さんが退院《たいいん》したらすぐに帰《かえ》っちゃって。週《しゅう》に一度《いちど》、お手伝《てつだ》いさんが来《き》てくれることになったんだけど、ほかの日《ひ》はわたしががんばらないとね。でも弟《おとうと》は、遊《あそ》んでくれないとか、おなかへったとかって、もんくばっかりでさ」

毎日家《まいにちいえ》のことを手伝《てつだ》っているひとみちゃんを想像《そうぞう》した。

赤面症《せきめんしょう》のなやみなんて、どれだけバカらしく見《み》えただろう。ひとみちゃんだって子《こ》どもなのに、弟《おとうと》のめんどうまで見《み》ているなんて。

なんだか急《きゅう》に、もうしわけない気持《きも》ちになった。

ぼくがちっぽけなことになやんでいるあいだに、ひとみちゃんはなんて大《おお》きな問題《もんだい》をかかえていたんだろう。だれにも見《み》られていないのに、自分《じぶん》がはずかしくなって、耳《みみ》が熱《あつ》くなってきた。

でも、もうそんなことはどうでもいいや。

「そっか……じゃあほんと、ひとみちゃんにとっては、ぼくの顔《かお》が赤《あか》いだのなんだのなんて、くだらないことにしか見《み》えなかっただろうね。ごめん」

ひとみちゃんは肩《かた》をすくめた。

「こっちこそ、ごめん。あのとき、けっこういっぱいいっぱいでさ、わたし毎《まい》日泣《にちな》きそうだったんだ。わたしにくらべたら、みんな幸《しあわ》せじゃんって。で、ちょっと八《や》つ当《あ》たりしちゃった。でも、お母《かあ》さんも少《すこ》しずつよくなってきたから、だいじょうぶ。それに、たぶん、わたしにはどうでもいいことでも、キノにとってはすごくいやなことだったんだよね。わたしもけっこうにぶいかも」

「うん、意外《いがい》とにぶいよね」

ひとみちゃんは周一《しゅういち》のランドセルをバスッとたたいた。

「あんたにいわれたくない」

「だってぼくと同《おな》じでしょ」

「ちがう！」

「似《に》たようなものだよ！」

ふたりがいいあっているのがおかしくて、ぼくは笑《わら》った。

それから、ぼくになにかできることはないか、考《かんが》えた。ごはんも作《つく》れないし、なにをやっても要領《ようりょう》が悪《わる》いけど、ぼくにだってなにかできることはあるはずだ。

「ねえ、ひとみちゃん。ぼくになにか手伝《てつだ》えることない？　習《なら》いごとも塾《じゅく》も行《い》ってないから、けっこうヒマなんだけど」

「え」

ひとみちゃんは、また立《た》ち止《ど》まった。

「それってなに、親《しん》せきのおばさんたちの『まあ大変《たいへん》ねえ。なにかあったらいつでもいってね』ってやつ？　で、本当《ほんとう》にたのんだら、いやな顔《かお》されちゃうってパターン？」

ひとみちゃんの目《め》は、少《すこ》しぼくをせめているようでもあり、少《すこ》し期待《きたい》しているようにも見《み》えた。

「あ、ちがうよ。そんなんじゃないよ、本当《ほんとう》に。ただ、役《やく》に立《た》つかどうかはわからないけど……」

ひとみちゃんはぼくをじっと見《み》ている。

「あ、ぼくも火曜《かよう》と木曜《もくよう》以外《いがい》はすごくヒマなんだけど」

周一《しゅういち》はまた手《て》をまっすぐ上《うえ》にあげながらいった。

ひとみちゃんは、周一《しゅういち》とぼくをかわるがわる見《み》ながら、目《め》を少《すこ》し細《ほそ》めた。

「……ホントに、たのんじゃってもいい？」

「いいよ！」

ぼくと周一《しゅういち》は同時《どうじ》に答《こた》えた。するとひとみちゃんは、今《いま》まで見《み》たことないような、とびっきりの笑顔《えがお》を見《み》せてくれた。

「ありがとう！　じゃあ……」

でも、なにをたのまれるのか、正直《しょうじき》ドキドキしていた。ぼくにできるのかな。

「五才《ごさい》の弟《おとうと》がいるんだけどさ……」

「そうか。ぼくが保育園《ほいくえん》の送《おく》りむかえをするっていうのは？」

と、はりきって提案《ていあん》すると、ひとみちゃんは笑《わら》った。

「弟《おとうと》の保育園《ほいくえん》、小学生《しょうがくせい》の送《おく》りむかえはダメだから、弟《おとうと》のお友《とも》だちのお母《かあ》さんがやってくれてるんだ。でも問題《もんだい》はそのあとでね、弟《おとうと》は四時《よじ》すぎに帰《かえ》ってくるんだけど、すっごくうるさいんだよね。部屋《へや》の中《なか》を走《はし》りまわるし、家《いえ》のことやってるときにまとわりつかれると、じゃまだしあぶないからさ。外《そと》でサッカーでもなんでもいいから、遊《あそ》んでやってくれないかな。ときどきでいいから……」

気《き》がつくと、ぼくと周一《しゅういち》は同時《どうじ》に親指《おやゆび》を立《た》てていた。

変《へん》なところでタイミングが合《あ》っちゃって、なんだかてれくさい。

「弟《おとうと》くんと遊《あそ》ぶなら、ぼくにもできる！」

「ぼくもキノといっしょにやるよ」

ひとみちゃんは、ほっとしているようだった。

「すっごく助《たす》かる。そのあとはお風呂《ふろ》に入《い》れて、ごはんを食《た》べさせて、お気《き》に入《い》りのアニメを見《み》せたら、あいつすぐねちゃうからさ。今《いま》、地図《ちず》かくね」

ひとみちゃんがランドセルからエンピツとノートを出《だ》した。

「じゃ、さっそく今日《きょう》、家《いえ》にランドセル置《お》いてから行《い》くね！」

「そうだキノ、待《ま》ち合《あ》わせして、いっしょにひとみちゃんちに行《い》こうよ。中央《ちゅうおう》公園《こうえん》に四時《よじ》でいい？」

「うん。わかった」

ぼくと周一《しゅういち》が約束《やくそく》をしていると、ひとみちゃんがノートから顔《かお》を上《あ》げた。

「じゃ、わたしも公園《こうえん》に行《い》くよ！　うち、中央公園《ちゅうおうこうえん》のすぐそばだし、弟《おとうと》もそこを通《とお》って帰《かえ》ってくるから」

うなずきあって、ぼくたちはいったんわかれる。

「じゃ、またあとでね！」

「うん、あとでね！」

「バイバイ」


ぼくたちは、べつに仲《なか》よしじゃない。いっしょにいて楽《たの》しいとか、気《き》がラクっていうのともちがう。教室《きょうしつ》でいつもくっついているわけでもない。

でも、それでいいじゃん。

そんなことより、もっと大事《だいじ》なことでつながっている。
それはなにかっていうと、たぶん、勇気《ゆうき》。
ほんのちょっとなら、ぼくも「セイギのミカタ」になれる気《き》がする。

ふたりは、大声《おおごえ》でいい合《あ》いながら遠《とお》ざかっていく。
ぼくは笑《わら》いながら、角《かど》を曲《ま》がった。

あとがき

おとなにとってはたいしたことではなくても、子《こ》どもにとってはすごく大変《たいへん》なことってありますよね。

わたしも、子《こ》どものころはキノのように赤面症《せきめんしょう》で、とてもこまっていました。低《てい》学年《がくねん》のころはそうでもなかったのに、だんだんひどくなりました。クラスに大我《たいが》みたいな少年《しょうねん》がいて、毎日《まいにち》からかわれました。人前《ひとまえ》で話《はな》すのも苦手《にがて》だったし、授業中《じゅぎょうちゅう》に指《さ》されたらもう大変《たいへん》！　自分《じぶん》は一生《いっしょう》こうなんだろうと、キノのようにずっとなやんでいました。そのころのわたしは、今《いま》はだれも信《しん》じてくれないぐらい、はずかしがりやだったのです。高校《こうこう》に入《はい》ってから、ある意味《いみ》開《ひら》き直《なお》ることができて、少《すこ》しずつ、赤《あか》くならないですむようになりました。

じつは今《いま》でも、講演会《こうえんかい》をやるときは、ドキドキします。だって、たくさんの人《ひと》に注目《ちゅうもく》されるのですから。赤《あか》くなりそうになると、「赤《あか》くなってもいいじゃん！」と、自分《じぶん》で自分《じぶん》におまじないをかけます。すると、だんだん落《お》ちつくことができます。

赤面症《せきめんしょう》だけでなく、ほかのことでなやんでいるみなさんもいるでしょう。それらのなかには、時間《じかん》とともになくなっていくものも多《おお》くあります。自然《しぜん》に問題《もんだい》が消《き》えていくこともあるし、自分《じぶん》で解決《かいけつ》できることもあるかもしれません。

勇気《ゆうき》を出《だ》す、ということも同《おな》じだと思《おも》います。もちろん、すぐにセイギのミカタにはなれないし、いつも自分《じぶん》が正《ただ》しいとはかぎらないでしょう。その場《ば》の空気《くうき》が悪《わる》くなることもあるかもしれません。本当《ほんとう》の正義《せいぎ》とはなにか、というのもむずかしい問題《もんだい》です。

でも、もし、わたしたち全員《ぜんいん》が、ちょっとずつ勇気《ゆうき》を出《だ》してまわりに流《なが》されずに自分《じぶん》の頭《あたま》で考《かんが》えて行動《こうどう》することができたら、なにかが少《すこ》しずつよい方向《ほうこう》に変《か》わっていくかもしれない。そういう想《おも》いをこめて、この物語《ものがたり》を書《か》きました。

佐藤《さとう》まどか

佐藤まどか（さとう・まどか）作

東京都出身、イタリア在住。『水色の足ひれ』（第22回ニッサン童話と絵本のグランプリ大賞受賞／BL出版）で作家デビュー。主な作品に『コケシちゃん』『日がさ 雨がさ くもりがさ』『ミジンコでございます。』「マジックアウト」三部作（以上、フレーベル館）、『スーパーキッズ』『リジェクション』『ぼくのネコがロボットになった』『ちいさなハンター』（以上、講談社）、『つくられた心』（ポプラ社）、『一〇五度』『アドリブ』（以上、あすなろ書房）など。

イシヤマアズサ 絵

大阪府出身。書籍の装画や日常のコミックエッセイ、おいしい食べ物のイラストで活躍中。作品に『真夜中ごはん』『つまみぐい弁当』（以上、宙出版）、『なつかしごはん　大阪ワンダーランド商店街』（KADOKAWA）、児童書の挿絵に「11歳のバースデー」シリーズ（くもん出版）、『くいしんぼうのこぶたのグーグー』（教育画劇）、『ぼくらの一歩30人31脚』（アリス館）、『大坂オナラ草紙』（講談社）など。

ものがたりの庭

セイギのミカタ

佐藤まどか／作

イシヤマアズサ／絵

2020年6月　初版第1刷発行　　2024年6月　初刷第4刷発行

発行者　吉川隆樹

発行所　株式会社フレーベル館

〒113-8611　東京都文京区本駒込6-14-9

電話　営業03-5395-6613　編集03-5395-6605

振替　00190-2-19640

印刷所　株式会社リーブルテック

144P　21×16cm　NDC913　ISBN978-4-577-04894-8

フレーベル館出版サイト　https://book.froebel-kan.co.jp

デザイン：大岡喜直（next door design）